少年，
愿你前程似锦

GROWING

A YOUNGER

MIND

梦想，

就是像少年一样飞驰

过了**三十岁**
我还是**少年**

郭志凯 － 著

>30+

北京时代华文书局

特别鸣谢：

NEXT建筑事务所

著名建筑设计师

蒋晓飞

John van de Water

沙逢源

目　录

过了三十岁，我还是少年

第二部分　过了三十岁，我还是少年

第三部分　少年，你的前程似锦

附录　以自己喜欢的方式，过自己想过的生活

推荐序：愿你出走半生，归来仍是少年

　　郭志凯把新书的电子版发给我，当然地希望我写几句。记得前两年他出了一本书，大致是写他少年时代的生活。这一本可以说是北京十年记事吧，用他自己的话说就是"精彩的十年"。

　　我无从判断郭志凯这十年来是否"精彩"，但翻阅着一个一个故事，一篇一篇纪实，有些我曾经听说，有些则我也身历其中，例如某个夜晚一大批年轻朋友相聚于鼓楼下的"菲比寻常"酒吧的热闹景象至今也还历历在目。

　　人生不过百来年，按如今年岁，志凯与我，都已经算是度过半生

了。看他的新书，其中却依然满满的少年朝气，多少让我心生羡慕。

与郭志凯大约是他来北京不久就相识了，想来还是因为我的同学蒋力吧，不过看了这书才知道蒋力居然也是他入道的引路人，恰如当年帮助我一样，以此而言，蒋力似乎也有不少接引佛的功德。

娱乐圈在北京简称"圈儿"，彼此的恭维就是"贵圈真乱"。老话则是"江湖"，特别是不少老规矩，新"潜规则"在这里纵横交叉，外来"北漂"若能"混混"也是着实不易。郭志凯来北京的时候正是北京文艺圈或更准确地说娱乐圈繁花似锦、火上烹油的"小时代"，可谓"群贤毕至、少长咸集"。当下不少互联网、自媒体、娱乐业的年轻掌门人似乎都从那个时代在北京起步。不妨套用狄更斯的老话"那是一个最好的时代，那是一个最坏的时代"。但是对于闯荡中的青年人来讲，正如列宁同志所说："当两个人打架的时候，你怎么能说哪一拳是必要的，哪一拳是不必要的呢？"古人说"老要张狂少要稳"，如今老的固然学会了张狂，少年能有几个学得稳当呢？郭志凯在这本书中说怕别人说吹牛怀旧，但又怕过些年忘记了这些青春的记忆，也是有道理的，毕竟连现今的小学生都在问"时间都去哪儿了"。

郭志凯在北京十年干的是杂行，如他自己所说，如今混的也是拥有了诸如乐评人、音乐人、作家、娱乐营销专家等惹人羡慕的标签。人的一生可以有太多的职业选择，但其实人的一生唯一的选择就是选择怎样的人生。郭志凯记录了这些，我想重要的是他仍然"在路上"，也仍然守望着那一块在家乡已经消失的麦田。我当年写了一本《光天化日下的流行》，后来当面对我感慨的是三宝和迪里拜尔。两个人共同的感受是"让我们想起了进棚和走穴的日子"。如此看来，记录是否精准，态度是否共鸣并不重要，重要的是事件与言语之中背后的"大时代"和"小青春"。

恍惚之间，又是十年穿越，当我意识到已经有一批年轻人在这十年间走向不惑，不觉想起了1978年进入大学时一个同学写的作文："十年，一个少年成为了青年，一个青年成为了中年，而我们就在那个年代失去了整整十年。"郭志凯们是幸运的，他们的这十年应该说是充实的、奋斗的、相当程度上可以自己把控的十年，且是社会转型期风起云涌、起伏跌宕的十年，更是挑战与机遇并存，行动与思考共进的十年、探索正未有穷期的十年。

"白日放歌须纵酒，青春作伴好还乡"，郭志凯还颇有"白日放歌的"气势，但想来未必要还乡了，因为"我们的青春回不去了"，因为"未老莫还乡，还乡须断肠"。只能做的是"即从巴峡穿巫峡，便下襄阳向洛阳"，"大胆地往前走，莫回头。"

半生虽过，回首却非伤感。迈步向前，依然朝气蓬勃。感郭志凯书中之"青春作伴"，亦唤起自身"少年情怀"，勉为之序。

愿你出走半生，归来仍是少年。

金兆钧

丁酉春节

第一部分

梦想是什么，

就是像少年一样飞驰

就算每一次都成空，也绝不会停止追梦

汪峰的《不要饿死音乐》的演讲，我听了很感动。

理想，终于可以堂堂正正地拿来与挣钱关联了。虽然一直有人这么说，但是很少有明星这么说，因为在很多人意识中，明星你已经很有钱了，还谈理想和挣钱，这纯属站着说话不腰疼，得了便宜卖乖。但是，这次汪峰的演讲没毛病，不管他是为了自己的理想和钱，还是为了其他人的理想和钱，道理讲透了，自然立于不败之地，自然能得到众人的认可与支持。

其实，我也是有梦想的，虽然，我的梦想说起来更现实一些。

很多人害怕谈理想，其实他们中间许多人都忘记了理想这个字眼的存在，但拥有理想其实是一件很光荣的事情，至少，能让人看到希望的颜色，让人感到内心的安宁，让人有一往无前的动力。我小时候的理想其实很简单，就是要从农村进入城市，但是这个理想对于我来说很伟大，是我童年最初的执念，是有了追求之心之后对人生最初的规划。从我15岁进入到城市的那一刻起，我开始走进这个五彩斑斓的世界，并对其产生了巨大的兴趣，唯一的目标，就是要在这个城市占据仅属于我自己的一席之地。

已经在这个城市里生活了十几年，貌似逐一实现了当初的铮铮誓言，无论从家庭到事业都给人一种混得不错的感觉，小郭同学已经为赴美留学做足了准备，我也成为了一家文化公司的总裁，拥有了诸如乐评人、音乐人、作家、娱乐营销专家等惹人羡慕的标签，但内心总是觉得不满足，这或许就是人类无休止的欲望在作怪，然并卵，很少有人知道一伪文艺青年内心的慌乱感，随着年龄的增长，越发对从前的时光感到眷恋。

现在很多人都讲职业规划，我其实也做过许多职业，但不懂规划。对于崇尚自由的射手座而言，很难对某件事物从一而终，就如同猴子进了苞米地，那一通乱折腾哦！但我很庆幸自己当初有这种感觉，尝试很多职业，而机遇的眷顾，也让我有了试错的机会，虽然也走了些许弯路，但弯路也是一种人生体验，是阅历的积淀。否则，我现在的一切也许都停留在了那个圈好的框框，也许已没有也许。

我接触的第一个职业应该是祖传手艺：白事扎花圈。我爷爷靠着这门手艺，能赚一些钱。那时候，零花钱对于一个孩子而言诱惑力真的是太大了，父母收入极低，一日三餐解决温饱问题即可，零花钱显然属于奢侈品，觍着脸去问家人要钱显得不太懂事，不体谅父母，在农村是忌讳这些的。我就靠着帮爷爷做点活儿，以便有资本、有底气地向他讨点零花钱，满足一下我小小的购物欲。当然，我做不了扎花圈的事儿，也就是在地上捡捡旧烟盒，把里面的锡纸拿出来，叠好给爷爷，他做金山银山用。爷爷见我手脚勤快、聪明伶俐，一度想要把这门手艺传给我，但我总觉得帮帮忙赚赚零花钱也就罢了，要是真的继承了这门手艺，未免也太跌份了。随着爷爷的离世，我家这门祖传的手艺也就失传了。

我小时候还是人民公社的时代，生活比较困难。大家都看过路遥的《平凡的世界》，不知道对里面的黑馍有没有印象，大家去农家院或许也吃过，那会儿我可是天天吃，常吃的还有玉米面馒头，偶尔的白面馒头是给老人吃的。家里人每天都去农田里劳作，我放学后，就开始帮助家里烧水做饭，起初是帮妈妈把水烧开，等他们回来后再做饭，后来，在妈妈的指点下，开始学会了做面汤和炒菜，那会儿的菜只有红薯叶子和红薯秆，偶尔，来个大萝卜和大白菜，就能高兴好几天。那会儿能吃上菜是一种幸福，我们大多数时间吃的是供销社买的咸菜疙瘩，家里在春天的时候也腌制一些，用来冬季吃。

如果照此发展下去的话，我在村子里也能混得不错，养几头猪，娶个农村媳妇，生几个孩子，农闲之余去建筑工地打打工，给孩子们赚点学费，也是很幸福的事情。农民，也是祖传的一种职业，从我降生在农村的那一刻起，就注定了我的人生有很大的可能走这一条路。我父亲就是在建筑工地成长起来的包工头。

父亲成为包工头之后，盖了不少楼房，我们家里的条件开始好了起来。但囿于文化水平和思想观念，我父亲并没有好好地给我们兄弟几个做未来的职业规划，基本上算是散养。我暑假期间在他的工地上打工，算是小工吧，辛苦一天才赚4元钱，很累很累，但还是坚持了二十多天。哥们儿不易呀！当房地产行业兴起的初期，我父亲退休了，我估计他也没想到，后来房地产行业能够如此红火，如果晚退几年的话估计我们家早发了，不过也幸亏没发，如果发了，我未来真的要待在农村，过"土豪"的生活了。

其实，我当时开始试着做生意，比如说把小伙伴的书都收集起来，到龙门镇上摆摊，看一本2分钱，一天收入不错。我还养过兔子，而且养得还不错，最多时候十几只，有一次和邻居哥们儿一起骑自行车去关林市场售卖，结果，忙了一天也没有卖出去，只好又将他们带了回来，再后来，不知什么时候得了传染病，一只只死去，为此，我伤心了许久。此后，我再也没有吃过兔子肉，另外，小郭同学属兔，也不让我吃，所以，我就变得更加有爱了！

当时，粮票还是很吃香的，买一些特殊商品，都需要人民币和粮票一起使用，每个月学校都会给城市的孩子一些粮票补助，而我们农村的孩子都没有。我多么渴望当老师问谁是城市户口的时候也骄傲地举一次手，在大家羡慕的目光中，从容地走向讲台，潇洒地拿走几张粮票。城与村的不同遭遇，也让我更加坚定了进入城市的决心。

儿时这些成长经历对我的影响极大，我也经历了很多选择。其实，人生就是不同的选择，如同一个走在十字街头，一不小心就会迷路，稍有不慎，就会遗憾终生。一个人的选择和周边氛围、家庭环境都有很直接的关系，农村孩子很少有人能够考上大学，就是因为缺少正确的引导。我也不爱学习，但人总得有自己的理想，有执着的信念。在我的成长过程里，日新月异变化着的城市对我的诱惑和触动，和好学生们心中所存考大学的愿望起到的是同样的激励作用。感谢我小时候那些波澜起伏的小小心思，也感谢从少年时就一直存在心里的走出农村、走向城市的理想。

青春是一场远行

有一段时间，网络上非常流行一句话："世界那么大，我想去看看"。一个女教师想辞职去看看外面的世界。虽然她最后也向现实妥协了，但是，这句话却流行了起来，并让很多人去外面的世界看看了。

虽然我小时候还没有出现这句"名言"，但是那时候的我一定也是这样的心态。我一直想脱离农村，那是所有农村孩子的美梦。在农村，我们每天都在修理地球，一点创意都没有，从一出生就看到了未来。农村孩子的这种窘境其实和父母文化水平低有很大的关系，在这些父母眼里，孩子到了18岁就可以考虑谈婚论嫁了！在家里也完全没有学习的氛围，上个高中就算奢侈了，更别提上大学。虽然儿女结婚生子是他们最质朴的追求，但恰恰是这最质朴的追求影响了很多孩子的青春期，甚至有些孩子一生都停留在这个落后的世界观里。

我那时看着身边的好友一个个结婚生孩子，去外面赚钱，也很羡慕。这种实实在在的诱惑对我而言，其实也是蛮大的，一方面想跃跃欲试，另一方面又没有正确的引导，整天迷迷茫茫、浑浑噩噩。那会儿，跟村里的女同学也有好感，偶尔也交谈，但提到谈婚论嫁，大家还是觉得很迷茫，我从心里便隐约认定，我终究会离开农村的，我绝不会在这里过一辈子。在我一步步走入城市的路上，我的姑妈给了我很大的影响。

姑妈在县粮食局工作，是个标准的党员，耳濡目染之间，我接触到了很多时尚的新事物，也了解了很多时髦的新理念。由于奶奶生活在姑妈家，所以每逢假期我都会坐车去姑妈家看望奶奶，顺便对那个繁荣昌盛的县城有了一些了解，熙熙攘攘的人群、打扮时髦的各色男女一开始会让我不知所措，但转而又充满了羡慕，又转而，我想，为什么自己不能像他们那样，或者说像姑妈那样，也生活在车如流水马如龙的县城里呢。

所以当我们家邻居给我说亲的时候，被我婉言谢绝了，我想起了我姑妈家邻居的那个女孩，亭亭玉立，而且很有涵养，她所受的教育、接触的环境，都与农村姑娘有天壤之别。至少，在我14岁的那年，在我认识了姑妈邻居的女孩之后，我觉得我无论如何都不能在村里讨一个妻子了，并非我骄傲自大，只是觉得那是我的观念似乎已渐渐脱离农村那个小天地了，我的未来一定会找一个城里的姑娘、一个和我有相似观念的姑娘当老婆——这其实也是所谓的理想。

　　命运真的是挺难琢磨的，如果我当时在农村找一个女孩，结婚育子，估计现在怎么着也当爷爷了，在农村衣食无忧，每天喝喝酒、打打麻将，那不也是一种幸福的生活吗？但这些只出现在我的梦里，真的没有胆量去尝试，我怕所谓这样的幸福生活会消磨掉我的斗志，使我在温床里慢慢下陷，最终向生活妥协。我记得有人说过，年轻人在沿途中会看到许多美景，但总是要去山的另一边去看一看才安心，我也是那样的人吧！

　　于是，我就真的到了山的那一边。

　　初中时，我通过关系进了洛阳市的第27中学读书。那是我第一次进入城市，委实有些兴奋，同学们穿着各种各样的军服，那个年代这就是所谓的时髦，女孩穿各色连衣裙，跟天使一样从我的眼前飘过。每天我都很珍惜在城市里生活的每一分钟，并为之努力奋斗，但学习成绩并没有直线飘红。我爸爸每个月给我一些粮票和钱，我一个人住在学校旁边的村子里，每天早上都去体校食堂吃饭，很清贫，但我那会儿感觉很欢乐。

中考时，由于我是农村户口的关系，不能在城市里考试，只能到当地所在的户籍所在地考试，最终成绩很不理想，没有学校上，就去了姑父所在的那个学校读书。班主任姓段，梳着流行的中分，看上去温文尔雅，第一节课，他委婉地说："大家把自己的中考成绩写下来交给我，我主要是摸摸大家的学习成绩，好针对性地做辅导，我会为大家保密的。"年少天真的我如实地向他报出了我的总分数。

此后，一次次噩梦向我袭来，每次我犯错，他都指着我的鼻子说："你考那点分数，不靠你们家亲戚怎么能来我们学校读书呢？你知道吗，正是有了你的存在，许多好孩子都进不到我们学校来，你还不努力学习，你对得起谁？"那一刻，我连杀他的心都有。我在这个学校读了一年书之后，心灰意冷，便在高二时辍学了。

为了弥补没有读完高中的遗憾，我报考了成教，居然鬼使神差考上了。在夜大的那几年，还真的是每天都能按时上课、努力学习，虽然只学了点皮毛，但还是混了一张大专文凭。我当时没有想到文凭有什么用，但我真的低估了文凭的力量，如果，我当时要有本科文凭，在北京真的可以找到更好的工作，当然，这是后话。

对于学校我还是非常留恋的，许多年后，当回首往事时，还是会为当初的离校而感到后悔，梦里也曾哭醒过数次，同学们的一起读书、一起玩耍的场景也总会在我的脑海里回放。如果再给我一次机会，一定不眠不休、不贪玩、不耍赖，勤奋读书、努力奋斗，完成我的学生时代。但人生哪里有那么多如果，失去了就再也回不来了，读书的经历是无法用眼前所赚的小钱来衡量的。后来，我用了数倍的努力才得以弥补当年没有好好学习留下的遗憾，正如一句至理名言，出来混迟早要还的。

说到这里，我未免多嘴说一句：现在很多学生进了大学之后，就以为万事大吉、高枕无忧了，他们在学校就是打游戏，谈恋爱，挥霍大把时光，浪费短暂的青春。我作为一个没有读过大学的人，经常为这样的学生感到可惜。真的，不要等到失去了，才想起来珍惜。这句最俗的话里，有着许多人都参不透弄不明的真理。

总有一个执念，推着我奋力向前

李宗盛有一个非常著名的广告，其中的台词备受推崇——

人生许多事情急不得，你得等它慢慢熟。

拥有耐得住性子的天分，没有什么是理所当然，就是要在各种变数各种可能之中仍然做到最好。

世界再吵杂，匠人的内心必须是安静的、安定的，这背后隐含的是专注、技艺和对完美的追求。

所以宁愿、必须也一直这样，是为了保留最珍贵、最引以为傲的东西。

人这一辈子还是要被一些善意的执念推着往前走，去听从内心的安排。

专注做点事，起码对得起光阴岁月，其他的就留给时间去说吧。

当然，我并非李宗盛这样的"匠人"，但我却像他一样，对音乐有着深深的"善意的执念"，而这，也是推着我不顾一切前往北京的核心动力。

2001年，我极不情愿地关掉了自己经营十年的唱片店"小屋文化"。它是洛阳城市文化的一个标志，它的关闭是互联网时代中国唱片业走向式微的一个必然趋势，非我个人能以螳臂当车之力所能阻挡的。很多人曾说我影响了洛阳一代年轻人的青春，这有点太大了，我委实承受不起，但我依旧相信我的唱片店给他们带来了一些美好珍贵的记忆。这并不是说我有多崇高，当一个学生省吃俭用将自己的零花钱掏出来买磁带和唱片时，唯一能做的就是能够让他们买到正版，这可以对得起自己的良心，但很对不起自己的钱袋，十年如一日坚持卖正版唱片和打口唱片，我也算是一个奇葩。

此后，我有很多次都对自己的这十年产生了很大的怀疑，我甚至不知道它在我的记忆和青春中占有多么重的地位，但随着人生阅历的积累，我越来越觉得那是我一生中最灿烂的年华。几年前，当我坐在南宁一个生态园重拾青春，想念那十年间的往事时，依然自豪地这么认为。那些快乐的曾经，还有那些不能说的秘密，依然会藏在我的内心深处，像一坛古酒，慢慢发酵成醇香悠远的味道，变成最美的记忆，以待我年老之后慢慢品味。

2000时，唱片店生意就已经很不好了，我的手头变得越来越拮据，2001年，依靠店面转让的一万多元钱，我的生活才又支撑了许久。那会儿和家人关系越来越差，经常不爱回家，和一帮做音乐的朋友们三五成群喝得昏天黑地。期间，在郭寨种了一年多葡萄，当了一年多的农民。对了，还去龙门当了一段时间的包工头，修了几条还算不错的公路。那段岁月很细碎、很灵散，丝毫没有任何相关性，也没有任何人生的逻辑。而且我依然还在为生计发愁，当干了那么多工作之后，我没有赚到一点钱，因而脾气越来越坏，酒喝得越来越多——那会儿彻底迷失了方向。

关于来北京发展这件事儿，实际上我曾经想过很多。1994年我曾经来京一段时间，住在清河一个部队大院，在北京云游了许久之后，便滚了回去。关掉唱片店之后，去北京虎子家里小住了一段时间，可终究不是长事，而且，我根本不知道来北京的目的是什么。以前，组织过许多演出，如新裤子、花儿乐队、张浅潜、左小祖咒之类的地下乐队，只是看上去挺牛X，其实，赔了许多钱，但又不好意思跟朋友们说而已。

很感谢那些年和我在一起玩耍的伙伴，如赵军、静波他们。第一次接触到这样的音乐人，而且还会弹吉他唱歌，这一点太牛X了。正是由于和他们的接触，我才对音乐产生了浓厚的兴趣。当初，开唱片店只是为了养家糊口，和他们在一起才知道原来音乐这行业是可以做一番大事业的。我也接触过一些洛阳的地下乐队，如"奠"、"乐驿"、"苹果酱"乐队，在当时还是不错的。

那会儿，我还和管晓他们在一起做了许多纪念BEYOND的演出，在洛阳积累了许多演出经验，在创作上也有了一些不错的作品。正是有了那么多演出的积累，管晓后来去深圳发展得很好，也正是那段岁月让我对未来充满了憧憬。或许是管晓不太擅长言辞的缘故，后来，我们失去了联系，但那是一段非常值得怀念的岁月。

演出多在洛阳健隆、东都商厦、凌空俱乐部等场地进行。用的设备不是很好，大都是"野马"音箱，国产"津宝"鼓，偶尔有一个百威箱子已经就很开心了。演出的内容有原创、翻唱，还是会吸引到很多观众。但每场卖不了几张门票，除去印制海报的钱之后，所剩无几，演出结束后，几个乐队聚在一起吃个饭就已经很幸福了。

在我心里，是希望有一个规矩存在的，希望每次演出大家都自己购票，而不是白拿赠票。但这座城市的表现带给我的往往是失望，可能被人会说是环境和土壤不行，还有许多人说我是个商人，很多时候把兄弟情义看得很淡。但我对于音乐有我自己的判定标准，我一向看重原创的好音乐，但许多城市里的拷贝乐队占有很大比例，如赵军他们技术、意识一流，但缺少创作能力，而这些地下乐队又缺少技术和意识，这一点我想了许多方法都不能弥补。最让人头疼的是大家各自为政，缺乏交流，至少在当时我一度很纠结。

其实，洛阳有很好的群众基础，在国内乐坛也有一定影响力，如著名歌手程琳、中国最优秀的吉他手李延亮、著名歌手陈明等都出自洛阳。李延亮自1993年离开部队加入了超载乐队后，便已经名扬天下了。同年，超载乐队来洛阳上海剧院做了一场演出，高旗和乐队成员来到我的唱片店，我还送了他们许多打口带，那是我第一次接触北京来的大牌乐队，以致十年之后我给高旗做专访，提起这段经历依然记忆犹新。

那时，我对做演出充满了谜一样的极高热情，尤其是邀请更多的北京乐队来演出，纵然是赔得一塌糊涂，但还是义无反顾，只是抱着一个希望：把洛阳的摇滚乐做到可以和成都摇滚乐相媲美的程度。可惜由于种种原因，终未能实现。

我在城里一直没有房子住。我父亲总是希望我留在郭寨，那才是他心中的家。我改变不了父亲的想法，他也管不了我许多，便任我在市里东搬西挪。我对这种生活早已习惯了，索性也没什么重要的东西，便整天把全部家当都带在身上。在春都家属院住得时间较长，那地方除了不能做饭外，其他都还不错。我的自行车很破，每天骑着它去唱片店，偶尔，也会住在店里，唱片店离豫剧团家属院不远，每当赵军和静波他们演出结束，我们就相约在小街或者他们院门口喝酒，经常夜夜笙歌，过着放荡不羁的小城生活。小城市的悠闲生活在我身上体现无疑，但当时就是这个状态，我也无力去改变它。

卖打口碟还是挺赚钱的，洛阳城市较小，受众群体也就那些人。有一个人我印象很深，她是28中的老师，最爱到我那里买碟，多以古典为主；再后来，我在北京遇到她的时候，她已经在业内赫赫有名了，她是姜文《一步之遥》的编剧之一。

我一直觉得，在洛阳的生活很平淡，平淡得如同温水煮青蛙，不知不觉中，就虚度了自己的青春，这还不算什么，最重要的是消磨了斗志。当然，这只是我的感觉，在我的印象里，洛阳只适合生活，不适合做事业。

我终究不愿意让自己的青春就消磨在朝九晚五和醉生梦死中。那些做演出的经历，给了我巨大的信心，想要到北京发展。当然，我老家的许多朋友也有在北京打工的，但多是和建筑有关，类似于护坡（给房地产做地基加固的活儿）这样的工作，也大都发财了，买房置地的很多。我虽然并不能明确自己去北京的具体目标，但肯定与这些工作无缘。那会儿，和田华、小杜联系过，如果去北京的话或许这两个老乡还能帮上忙，于是，才坚定了去北京的决心，对于未来是什么样子真的没有考虑过，只是走一步看一步，随机应变！

只是左思右想，还是觉得自己误入歧途，你说选择点什么职业不好，偏偏会喜欢音乐，开一个唱片店，看上去挺好，但真心不赚钱，销售一盒原版磁带获利2.2元，遇到熟人还要打折，不是情结在作怪，谁愿意做这个，更不会一做十年，更不会在整整三十岁的时候，萌生去北京的念头，也更不会把这念头变得坚定如铁。

三十岁，这个年纪应该做的事情是找一个工作，安心养家，或许，那才是正经事情。其实，我后来想想，感慨的原因不只这些，这一次的决定，就像我20岁时决心离开农村来到城市谋生一样的悲壮，都是重新开始而已，但这次对我而言压力巨大。我当时最高的学历是大专，是读完高二辍学后去电大读了四年才得到的。其实，大家心知肚明，在夜大根本学不了什么东西，就是混个文凭而已。但当我决定北京发展的时候，摆在我面前的问题颇多，一方面没有什么真材实料的东西供别人考究，另外一个原因是自己连电脑都不会，老土得要死，家人都觉得我疯了！

我和媳妇也常常吵架。那会儿小郭同学刚刚4岁，刚上幼儿园中班，我去北京之后肯定要两地分居，那样势必会影响家庭和睦，但留在洛阳发展的话，你连未来白发苍苍的样子都能想得到，那样绝对是一个悲哀，也是我极不敢面对的一件事情，但当我每天醉醺醺的回到家中，看到家里的一些现状，那种悲伤感是常人所不能容忍的。

有一段时间，我媳妇和儿子干脆住在娘家，一日三餐都在那里解决，那会儿危机四伏，一个电动车都买不起，送孩子有时候要骑着自行车去，太跌份儿。当我决定去北京时，与她商量了许久之后，还吵了几次架，最终，她还是支持了我的决定。但对于一个在小城市土生土长的农村孩儿而言，一切都是未知的领域，前途一片迷茫。再斟酌了近一年的时间，最终，在刚刚过了2003年的春节之后，才做出了最后的决定。于是，带上了家里的1000元钱，那会儿家里的存折上只有2200元钱，那是我们家的所有积蓄。背上行囊，买了一张开往北京的火车票之后，我就开始了长达十年的北漂生涯。

执念，也许会成为痛苦的根源，也许会成为幸福的起点。但正如李宗盛说的，人生必须追求点什么，留下点什么，对得起光阴岁月。我的执念也许算不上多么高大上，但就算仅仅只是不想辜负自己的光阴岁月，我也要努力向前，追求自己的梦想。

所以，听从自己内心的安排，其他的，留给时间去说吧。

少年，你将盛放在下一站

我不去想是否能够成功

既然选择了远方

便只顾风雨兼程

我不去想能否赢得爱情

既然钟情于玫瑰

就勇敢地吐露真诚

我不去想身后会不会袭来寒风冷雨

既然目标是地平线

留给世界的只能是背影

我不去想未来是平坦还是泥泞

只要热爱生命

一切，都在意料之中

　　——汪国真《热爱生命》

　　很多年前我上学的时候，学校里流行过一段汪国真的诗，很多人都传抄他的诗句，最著名的一句就是"既然选择了远方，便只顾风雨兼程"。年纪轻轻的我们，那时候对远方的概念还不明确，只是觉得这句诗很浪漫，也很励志，便成了很多人的座右铭。

　　北京——我的远方，现在，我来为你风雨兼程。

　　初春的北京，略微有些凉意，北京西站人来人往，倒是增添了不少热闹的气息。出站后，我径直去了公交车站，公交车倒了几趟，都记不清楚了，总之，非常顺利地到达了安定门。晚上，等田华和小杜下班，我和他们一起回到住处。那会儿，这俩哥们儿在公司既当歌手，又当企宣。在大公司里能当上企宣，为歌手服务，在当时那是一件极其光荣的事情，让我羡慕不已。

　　北京没有我想得那么艰难，住地下室、为了理想付出多少努力之类的情景我的确没有看到，但来北京之前，我已经做好了充分的准备，出自草根，就算一事无成，那又能怎么样？我们住的地方是一个六层的老式居民楼，只有六十多平方米，小三室一厅，我就睡在那个厅里，放一张床，每月交三百元房租。但至少住的是楼房，没有睡地下室，我就已经感到非常开心了。

对于在北京找什么样的工作，如何谋生，我是毫无头绪。只是每天算计着口袋里的钱还能支撑多久，每天青菜煮面条的吃着，多混一天，日后回家也就多了一天的谈资。即便如此，我每天还是会浏览各种新闻，阅读各种报纸的招聘信息，为以后找寻出路。很可惜，就连这样安稳但穷苦的幸福都不能长久。转眼，非典就肆虐而来，北京的形势非常不乐观。我呢，一时半会儿又找不到像样的工作，无奈之下，只好回了洛阳。

过了两个月之后，非典被我们伟大的医护人员消灭掉，我再一次来到了北京，依旧每天都在网上寻找各种招聘信息，积极地准备简历。皇天不负有心人，第一份儿工作虽然姗姗来迟，但至少终于到了。

那会儿手机铃声下载刚刚开始，市场一片大好，我所在的公司就抓住了机遇，赚了不少银子，而我的工作很简单，就是依靠手里现有的资源给全国的电台DJ打电话，跟他们合作歌曲版权，歌迷点播一首歌，手机短信收费若干，最后，和电台分利润。这份工作其实还算不错，但对于没有任何资源的我而言，确实是一个不小的挑战，在两周之后，我下岗了，原因很简单，没有为公司赚到一分钱，不过，我也没对它心中有愧，因为，这个公司没给我发工资。

失业之后，我成了社会闲散人员，每天无所事事地就出去溜达。德外大街桥附近有一个很大的废品收购站，里面各种废品琳琅满目，非常壮观！以前北京的管理还没有像现在这么严格，还有许多小贩串街收废品，北京居民的生活还是相对富裕的，大多是半卖半送。这些小贩会将一天收到的废品在夜晚来临时送到这个废品收购站，一天下来利润颇高，每个月赚个几千块跟玩儿似的。偶尔收到电视机、冰箱等家电，还可以直接卖到二手家电市场。所以说，这个行业还是不容小觑的。

除了来这里溜达，我偶尔也会看看书，消磨一下时光。慢慢地，认识了几个在废品收购站收旧书的北京人，因为我这人嘴甜，所以，没说上几句话对方就把我当哥们儿了！他们告诉我，卖旧书这一行有很多门道，如文革书、年代久远一些的文学类书一般身价翻上好几倍都不止。当然还有一些时尚杂志之类的，都是过期杂志，举例说，一本当月的杂志售价20元一本，上个月的地摊上就卖

10元，上上月的就卖8元，以此类推。

那会儿，马甸宜家家居门前有几个书摊生意非常火爆，北京的公共小巴还是最重要的交通工具，300路、302路，2元一位从马甸能坐到国贸，吸引许多人乘坐，而马甸是最重要的一个交通停靠站，真称得上是黄金地段。这家报刊亭每个月真的是赚大发了，而大中电器门口还有售卖各种盗版光盘的，生意也是异常火爆，但并不是随便一个人就可以在那里售卖的。许多地痞流氓长期盘踞在那儿，总有一些不明就里的人在那儿摆摊儿挨揍，在当时都是司空见惯的事儿。

离我们家楼下不远处，有两位河南许昌的老乡夫妇摆了饺子摊，五十多岁了，从傍晚摆摊一直到凌晨三点，很辛苦！我经常光顾，他们说，这年月赚钱不易，这里每一个小摊，每月要向这条街的地痞流氓缴纳1500元的保护费。哎！啥年月了，还有这事儿！我以为这是港片里的画面，如今，却如此现实地摆在眼前！

从来没想到自己也会去摆地摊。晚上天刚黑，各种小贩们都把自己一天的收获拉到这里换取现金，因为，这里是个大的收购站。老板人还行，就是有点奸商的感觉。平时，我们去的时候不是特别友好，但过了一段时间，熟悉了之后就好了许多。偶尔，总能找到一些不错的过期杂志，如《时尚》、《瑞丽》，还有一些家居方面的书刊。

或许，我现在跟大家说这些，大家可能会不屑一顾，但2003年那会儿，市面上的杂志卖得非常快，像一些知名杂志并不是每一个摊位要多少就给多少的。邮局书刊配送中心往往是你买一些紧俏的书刊，都会给你一些其他不太好卖的杂志，所以说，并不是每一个报刊亭都能赚到很多钱。但马甸那家报刊亭是真赚钱。我在观察了一周之后，就开始了我的地摊生涯。

我迫切需要买一部手机，先前那个手机早就坏掉了。在报纸上看到灯市口有一家手机店做的广告，说某天早上排队买手机的前几位可以买到一款诺基亚的老款手机，售价350元。那天凌晨三点我就过去排队了，一直站到8:45开门，才得到第七个买特价手机的机会。店家一直忽悠我买其他品牌的手机，我告诉他我身上就带了360元钱，还有10元钱是用来吃早餐的，他们就无语了，我很顺利地买到了我在北京工作的第一个手机。这个手机很好用，耐摔，而且，各种功能应有尽有，它伴随了我两年的时光。

那年的冬天冷得刺骨，我想着买大白菜做冬季储粮，那会儿菜价比较便宜，一毛二一斤。我买了六百多斤。其实，对于富裕的城市人而言，买那么多白菜完全没有必要，因为，现在人们的生活水平普遍好转，哪怕是白雪皑皑的冬天，也能很容易地买到喜欢吃的鲜菜。但对于当时的我而言，也就吃得起白菜了，要想改善伙食，那就只能以少吃几顿的代价来换取吃顿好的结果了。

我几乎学会了白菜的各种做法，煎炒烹炸，熘涮炖焖，单调的白菜并让我玩出了不一样的花样，不仅养活了穷困中的我，更因为对做饭的研究而让单调的生活有了几许趣味。离塔院胡同不远的地方有个小卖部，店主是一个河南老乡，我每次去买挂面都会给我便宜好多。白菜挂面、白菜炖豆腐、各种煎炒烹炸，蒸煮熘焖，汆炖烩涮，吃了整整三个月，以至于有段时间我看到白菜就有种呕吐的感觉。后来我向别人提及这段往事时，总是会在唏嘘之中平生几许骄傲——哥们儿我当年是落魄过，但哥们儿挺过来了。

现在很多人谈"诗与远方"，在我看来，都是小年轻们对"远方"过于美化的臆想。真正到过远方的人才知道，远方也许有诗意与美好，但是，在得到诗意与美好之前，也许有更多的风雨，需要你兼程前往。

远方有理想，远方有浪漫，但想要得到，请风雨兼程——这是我亲身经历过之后，给现在的年轻人的一点小小的建议。

你所谓的瞎折腾，都是我在为梦想拼命

市面上有一本书，叫作《你只是看起来很努力》，还有一本叫《你所谓的稳定，不过是在浪费生命》。书名看起来很有话题性，但话说回来，也确实有那么点道理。

我当年的所做的一切，其实跟这类书名其实也差不多，不过，就是跟后面这本书的名字相反而已——很多人都说我是在瞎折腾，都说我是在浪费生命。

时代变了，以前瞎折腾被看作浪费生命，现在稳定却被看作浪费生命。看来，时代是用来被改变的，生命是用来浪费的。至于浪费在稳定上，还是浪费在折腾上，那就看每个人自己的选择了。毕

竟，很多人都认为自己的生命都是浪费在美好的事物上。

我没那么浪漫——我的折腾，就是为了梦想拼命，就是为了成功拼命。

我为什么要在马甸摆摊？就因为那是三环最重要的路口，每天的早晚高峰，马甸的地下通道人潮汹涌，络绎不绝，带来了无限商机。其实，摆地摊的就那么几种，平时卖点小礼品、煮玉米，下雨天卖个雨伞啥的，许多在北京生活的人都非常了解。但那会儿，摆摊儿可不是一件容易的事情。在此摆摊的人多是外来人员，因为外地人在北京还需要暂住证，如果被城管抓住非常麻烦，所以一旦发现城管，宁肯货不要了，人也不能被带走。最麻烦的是，遇到城管和公安联合执法，那样的话直接送到收容所，返回原籍。我说这些，大家现在可能觉得很好笑，但至少在广州杨志刚事件之前北京也是这样的。

为了做好生意，我还是下了不少本钱，首先是借了辆极破的自行车，这辆车绝对是奇葩，小厂出的，骑上之后，慢不说，还特重，但对于穷困潦倒的我而言，这已经不错了。拿一个大包把旧杂志裹进去放在后车座上就出发了，在地下通道找个地方就开始了我的新生活，你还别说，这里面水很深，小贩们铺在地下的布四角都绑有绳子，城管一来，一秒钟时间拉起来货就集中在一起，然后迅速逃跑，既快捷又方便。刚看到时我都懵了，在心里直挑大拇指，高手在民间呀，什么法子都能想出来，再看看自己堆放在旧报纸上的杂志，不禁脸红了。

你还别说，刚开张生意还不错，第一天就赚了二十元，这可是哥们儿在北京赚到的第一笔钱。我把这二十元钱拿在手里，狠狠地放在耳边晃了晃，听听它在干燥的空气中发出的悦耳声响，真是爽啊爽！这种生意有时候很红火，每天卖一百多元，有时候半天开不了张，颗粒无收，再加上旧杂志脏兮兮的，颜值太低，难入文艺小青年的眼，赚钱就真的成了问题。如果想做好它，首先解决的肯定是货源。和那几个在废品收购站北京哥们儿聊天时，他们告诉我，北京的一些书刊大多是在潘家园批发，而且，只能在凌晨五点钟到七点钟左右才是批发商的交易时间。得到这个发财致富的信息之后，我当晚早早就躺下了。

然而，兴奋的心情让我辗转反侧，还真没有睡好，凌晨三点钟，便从床上爬起来，洗漱完毕之后骑上单车出发。整整骑了一个小时四十分钟，我终于到了潘家园旧货市场，这时，各行各业的商人都已经在那里唠嗑了！当然，这里面有许多都是做古董买卖的，人家那个才是大生意，咱跟人家一比，瞬间变成小蚂蚁、芝麻粒儿。

里面的旧书真的太多了，一摞摞摆在那里，砍完价之后，一买就是好几十本，两个大包装得满满的。最后，我在一个摊位找到了几本香港黄色杂志，类似于《龙虎豹》之类的，摊主也没有加价，也随着杂志价格给我了，哥们儿是不是特别没出息。

当两大包杂志绑好后放在车后座，准备驮回去时，还真犯了难。但真没有办法，只能硬着头皮往德胜门方向骑。早晨，上班的人已经开始多了起来，我走走停停骑回家已经是上午九点多钟了，足足骑了两个小时，哥们儿屁股蛋子都快肿了。回家喝了一口水，就整理了一些杂志出门了，那个早上，卖了两百多块钱，我很兴奋地给家人打了一个电话，跟她说了一句话："你放心，我们会过上好日子的。"

后来，生意越来越好，我也越来越有经验，和其他摆摊的小贩儿关系也越来越亲密，因为大家卖的东西都不冲突，所以也谈不上竞争，同是天涯沦落人，我们之间建立了很深厚的友谊。我那会儿很会经营自己，每天都穿得很整齐，我的T恤是在新街口花了四十元买的，旅游鞋也很潮，光一身行头花了一百多元，但只用于工作的时候穿。

我摆放杂志的摊布也鸟枪换炮，废旧报纸被一块大理的蜡染布所代替，每一本杂志都被我用酒精消过毒，每一个书角都被我仔细处理过，之后，再给它们穿上一个个干净整洁、质量很好的专门装书的塑料衣服，排成一排，非常美丽地站在布上，优雅多姿地展示给过往的行人。每一个买我杂志的女生，在买过之后，我都会送给她们一个上面印有星座运程的京剧脸谱钥匙扣，看着她们惊讶的表情，我知道，我的选择是正确的。

我的普通话也还不错，在洛阳那些年我已经磨炼得炉火纯青了，再加上精心捯饬的外表，看上去就像一个在校大学生在风度翩翩地创业，那些女生当然要照顾我生意了。但这都不是重要的。我会优雅地跟她们搭讪，了解她们需要什么样的书刊。家具、宠物，还是时尚？了解这些信息之后，很轻易地得到了她们的电话号码，但绝对不会打电话骚扰她们的，只是在中午休息的时候，发一个极为关心的短信，类似于："今天天气很热，30°左右，记得多喝水哦，你要的杂志我已经找到，你下班后，方便时可以过来取，如果不方便的时候告诉我时间，我会在这里等你，希望不会打扰到你！落款，署名。"

我全新的销售方式，得到了这些美丽白领女生的一致好感，她们把更多的姐妹介绍过来。所以，那会儿，我只需把货备齐，给她们发个短信很轻松地就把钱赚了。其实，摆摊很辛苦，每天早上八点钟到九点半，下午五点半到晚上八点，白天的那个时间段，城管就要在通道里巡逻了，他们正式上班，就意味着我们下班。

　　除了马甸地下通道，偶尔我也会去展览中心门前摆摊，在那里遇到一些卖早餐的人，很快学会了摊煎饼果子，而且水平还不差，大姐去洗手间的时候，我也可以操刀帮她卖出去好多份，以至于后来许多美女都问大姐，你那个兄弟怎么不过来帮忙，他手艺不错。后来，当大姐跟我说的时候，我和其他人都乐了，我摊煎饼果子，遇到美女给的料都十足，偶尔再给她加个鸡蛋，你说她能不想念我吗？有时候城管来了，我还可以帮忙推着她的车跑得无影无踪。

　　城管，是一个大问题。看到那些和我一起摆摊的兄弟姐妹们洒落的泪水和无助的眼神，我还是觉得应该为他们做点事情。我三天没有摆摊，每天就在城管大队门口守着，看他们几点出车、几点巡逻到马甸这边，并逐一做了记录。弄清这些情况之后，我又做了许多测试，算出来之后，和那些兄弟姐妹们商量，每天那个时间段就派一个人站在上面放哨，看到城管车来之后，迅速撤离，但我对于他们的唯一要求是，每次摆摊结束之后，一定不要乱扔垃圾，这一点得到了他们的一致认可。

此后的三个月里，我们的摊位一次也没有被城管抄到。据说，城管局某位领导说，如果你们抓住那个摆摊卖旧书的大学生，就把他放了，我觉得他做得很好，至少，没有给我们工作添堵。这一点我感到挺自豪的，那其实也是和执法部门最好的一个沟通，他们也是人，不要把他们想成凶神恶煞，都是为了工作、为了生存，只需要想找到合适的方法调和这个矛盾。世间的对立面太多了，总不能一一消除殆尽，从这点来说，各退一步是一个于双方都有利的选择。

卖杂志这个大生意没有维持多长时间，大约三个多月，短短几个月时间，我赚了约7000元钱，房租除外，这算不算大生意呢？后来我只是偶尔摆摆摊，大部分时间都是把货放在花坛边上，等待老主顾来取帮他们配好的书。

有了这个机会之后，我也特别留意一些其他方面的书，尤其是和音乐、艺术挂钩的书。当时我记得最喜欢看的杂志是《视觉》、《ET卫视周刊》，里面有姜昕的专栏，《ET卫视周刊》是我迄今为止看到的国内做得最专业的一本明星杂志，后来，我跟当时的主编王晴成了朋友，还跟她提起当年这本杂志，再后来，这本杂志就消失了。

地下通道是一个容纳各色人群的世界。早上，会有一个女子带着一个孩子拿着手机碰瓷，遇到上班族就往身上撞，之后，手机摔碎，就会有两个男人过来拉住你让你赔钱。也会出现流氓与漂亮女生擦肩而过时揩油，也会出现小偷在人群中穿梭，窥探着你身上的财物……而我只能无奈地看着眼前所发生的一切，没有能力去帮助那些需要帮助的人，那时候，我还是个彻头彻尾的外来人，虽然是有身份证的人，但仍然改变不了这个世界。

后来，当我不经意走到马甸过街通道时，都会忍不住找找以前和我一起战斗的兄弟姐妹们，看看还在不在，过得好不好。开始时还偶尔碰到，渐渐地再也看不到他们的身影了，铁打的通道流水的小贩，但愿他们都有了好的归宿。我很怀念那段岁月。

那段岁月苦则苦矣，但是收获也是巨大的。不仅让我彻底了解了社会底层的人生百态，学会了与各色人等打交道的本事，还让我的身心得到了彻底的洗礼。我依然会抱有梦想，但对于实现梦想却少了很多虚无缥缈的臆想，而多了许多脚踏实地的经验。

那段看似瞎折腾的时光，不仅仅不是浪费生命，反而是宝贵的学习积累。我知道了干什么事想要成功都不容易，更明白了所有成功的人，背后一定有不为人知的拼命过程。

感谢那段瞎折腾的岁月，感谢曾经爱努力的自己！哪怕让我回到过去，再做一次选择，我也会对那段时光说：不后悔！

没有梦想，何必远方

　　这些天一直写稿，写的时候会放些歌，最喜欢的是老狼的《荒冢》，"可是你流浪，你可曾找到要去的地方"让人深有感触，就像现在年轻人们经常说的"没有梦想，何必远方"一样，人其实一定要有点梦想的，不然前路太远，也许就走不动了。

　　我不知道我生在哪里

　　我生下以后会不会哭泣

　　我不知道我要去哪里

　　我唱着没有祖国的歌谣

我不知道你生在何处

你死的时候有没有人哭

我不知道你要去何处

你的墓碑指向苍凉的天空

你走的时候唱着出塞歌谣

你青春年少不怕山水迢迢

你长发迎风对着天空狂啸

你的父老兄弟也为你骄傲

可是你流浪

你可曾找到要去的地方

你流浪

何处是梦里故乡

"没有梦想，何必远方"——这恰恰是我的一个执念，也是一个心结。如果按当时北京的平均收入水平来看，我每月6000以上的收入，完全是一个不错的白领，在北京生活也完全没有任何问题。我那会儿特别矛盾，虽然有了一些收入，把钱寄回老家可以让家人生活无忧，但那终究不是我的理想，哥们儿千里迢迢来北京难道就是来摆摊的？哥们儿好歹以前也是老板，虽然是唱片店，但那也是文化产业，说出去也有面儿，摆摊的话太跌份儿了！

摆摊不是我的梦想，不是！我越来越肯定。那是什么呢？我突然间茫然了，为了寻找答案，我一边回顾自己的过去，一边看大量的报纸和杂志，试图在海量的信息中找到自己的初心，与此同时，也琢磨着该找个正经的长久的工作了。那会儿的网络还不是很发达，所以我只能是天天看报纸，当阅尽如山的报纸后，我大概知道了自己想要什么——音乐，对，还是音乐！唱片店的结束并不是结束，而是音乐梦想的另一个开始。

当知道《音乐生活报》招聘实习记者时，我没想那么多空着手就去了，傻乎乎得甚至连份简历都不知道拿，不过，对我而言无所谓，我那点骄人经历算个毛呀，拿出来也是丢人，索性啥都不带了。你还别说，当时哥们儿胆子巨大，全然不按套路出牌，就这么愣头青似的就去了。

后续的故事可想而知，应聘实习记者的一共有三个人，其中一个是北京大学新闻系的学生，他和我一起进入办公室的，刚聊了十分钟就被录用了，还有一个来自中国人民大学。一听这俩大学我都懵了，啥都不说了，等着被淘汰吧！

果不其然，报社的领导邓军和侯桂新同我聊了几句之后，就敷衍我以后有机会合作，目前，我的整体水准不符合社里要求，有的没的跟我说了一通。我心灰意冷地离开了报社，走出门口时还是觉得憋屈，这算什么事情，难道就是因为我书读的少，我就这么放弃了？我越想越觉得不甘心，一跺脚一狠心再次回到报社，和领导做了沟通，我说："我很喜欢你们的报纸，请给我一个机会吧，我可以不要工资，如果写得好你们就用，写不好就扔掉！"当时说出这些话，连我自己都觉得不可思议，但还是这么义无返顾地做了，可能就是那点"不甘心"在起作用。

　　而这不甘心确实起到了作用，两位领导给了我这次机会，使我如愿以偿地进入了报社，开始了我的娱记生涯，其实我特别感谢他们。说是进入，其实差得很远，充其量就是特约撰稿人，但至少有了接近门槛的机会，至少我和我的理想开始沾边了。

　　说来奇怪，我对这行一点都不陌生，仿佛天生就是干娱记的材料。我们老家那时只有三份报纸，日报、晚报、广播电视报，而我居然进入了文化部下设的报纸做记者，想想都觉得兴奋。

　　报社的稿酬是千字50元，大概是同等行业待遇最差的一份报纸，但这个报纸被业内誉为媒体的"黄埔军校"，培养了很多的业内人士。

机会来之不易，然而得到机会之后的问题，显得尤为严峻：我不会用电脑，写作水平也一般。这时，我难免想起上中学时老师苦口婆心劝我们读书的教诲，当初怎么就当了耳旁风呢，这次可真的被她说中了，可是就算悔青了肠子又有什么用，只好硬着头皮上吧！

　　室友房间里有台电脑，他上班的时候我就用它练习打字，从打歌词开始。原本计划练五笔的，他们都说那样打字快，我试了一下之后断然选择了拼音输入法，可能五笔不太适合我。从零开始绝对是一件不可思议的事情，"坚持就是胜利"这个口号也不是嘴上说说就行的，我开始每天一个拼音、一个拼音地单蹦，从单字、双字、成语、句子、段落开始练习。刚练习打字的第一个小时我只打了几十个字，还有无数个错别字，换一般人早疯了，不过，我硬是咬着牙坚持了下来。

　　足不出户、废寝忘食的感觉真好，每天都在练习，手指疼得要死，十个指头尖儿上老茧都出来了。就这样练了整整40天，之后我就可以听到悦耳的键盘交响曲了，我相信那是世界上最美妙的声音，至少，那一刻我是这么认为的。除了练习打字，我还抽空上网，把每天所有大腕记者写的新闻稿件、专访下载下来，一遍遍地阅读，甚至背下来，自己试着提问。

其实，这些都是有套路的，对付艺人无非是家长里短、兴趣爱好，以及最近在筹备唱片或者电影的动向，在制作期间有什么感悟之类的套话，找出规律之后，弄一个语不惊人死不休的标题，一篇牛哄哄的专访就可以完美地交卷了。如果不信的话，你可以看一下，比如某个歌星再发一张新唱片的时候，前前后后任何一家报纸和媒体说出来的都有许多相同之处，这是唱片公司企宣们多年以来工作经验总结出来的套路，无非是照本宣科而已。

用室友的电脑很不方便，我决定去买一台电脑，新的我肯定买不起，在四元桥一个旧的二手电器市场逛了一上午，和老板死磕，才用350元把一台还能用、但网速奇慢无比的586搬回了家。说它网速奇慢一点都不夸张，打开网页平均速度是5分钟左右。某天一个娱记好友来我家做客，发了封邮件用了40分钟时间，她忍不住将我的电脑狠狠地踹了一脚，幸亏我手疾眼快将她拦住，要不然她真的会将我人生中第一个电脑砸碎，或者，直接扔出窗外。我跟她说，你别这样，这台电脑我用了好多年，真的舍不得放弃它，因为，用它我写了好多优美的东西，说完之后，我看到那个女孩居然一脸被感动的神情！

这台586陪伴了我足足一年的时间。每天离开的时候我都用布把它罩起来，用的时候擦得一尘不染。后来，我把它卖掉了，你猜卖了多少钱？300元钱呀！那个小贩很开心，说看到这么新的电脑，花这点钱值。一年多的时间，写了这么多稿件，算下来才花了50元钱，超值吧！

我后来花了1200元钱，买了一台奔腾，这是一款史努比动画定制电脑，这个电脑用得时间很长，足足用了3年。我的第三台电脑直到2007年才出现在我的房间里，而那时候小郭同学已经是小学三年级的学生了。

其实，我现在想想当时能够孤军行险进入娱乐行业，在老家积累的那些演出经验、唱片店经历真的起到了至关重要的作用，如果没有这些做支撑，我很难在业内立足。而我的文笔比那些科班出身的人差得很多，我投在报社的第一篇稿件，主编侯桂新看完快哭了，说："你连逗号和句号都分不清，你这底子也太差了！唯一能看的就是有感情。"之后，侯主编不厌其烦地帮我改稿件，我的兄弟李松岩、欧阳晶洁也都给我改过很多稿件，对此，真的感激不尽。

说实在的，以我的底子之差，而共事的同事能力又如此之强，工作中我一直都是诚惶诚恐的，但越担心就越努力，越不甘心就越有动力，身边的人越优秀，我可学的东西就越多，这不是难关，这是福泽。我不是来这里自卑的，而是来这里学习，来这里寻找梦想的。如果只是为了挣钱，我大可继续去摆摊，没准后来就开了连锁店，成为零售行业的"成功人士"呢——哈哈，开个玩笑。

从月入6000多的地摊精英，到月入0元的报社学徒，我一点也不后悔。就像那首歌中的歌词所说的，"没有梦想，何必远方"。既然出来了，我就没想着平平淡淡的活着，只是为了摆摊，我还不如回家继续开店呢。

没有梦想，跟咸鱼有什么区别？

而我，就想做个飞鱼，飞跃大海，搏击长空——哪怕浪凶风猛，困阻重重。

愿你精进，愿你成长，愿你心有光亮

在众多同事和领导的帮助以及我自己的努力下，我终于有作品见诸报端了。

我发表在报刊上的第一篇文章《大型演出纷纷取消，"非典"让京城演出市场休克》，占了整整一个版面，足足有4000字。这篇给北京演出市场带来不小冲击的文章，我写了一周时间才完成。当它变成铅字婀娜多姿地出现在我面前时，我看了一遍又一遍，恨不得整宿搂着它睡觉。要知道就算在老家《洛阳日报》和《洛阳晚报》上发一篇这样的文章，也是很不容易的一件事，而这次哥们儿的文字居然在文化部的报纸《音乐生活报》上刊登了，真的是太不可思议了。这是我职业生涯中最重要的文章，关键是，这件事让一开始比较自卑的我信心倍增，让我的职业之旅走得越来越顺利。

除了这篇处女作，还有一篇文章在我的职业生涯中也占据着举足轻重的位置。当时工人体育场演出机会很多，尤其是港台歌星的演唱会更是万人空巷，受利益驱使，许多演唱会假票泛滥，让许多歌迷叫苦不迭。而我们单位离工人体育场比较近，我经常去看演出，渐渐地发现了这个现象，我觉得这个是一个不错的话题，所以，就佯装票贩子和那些"黄牛党"套近乎。两场演出之后，我就用自己的坦诚得到了他们的信任。其实，这跟卧底差不多，唯一不同的是我这不用冒生命危险而已。

我将他们当晚售不出去的假票拿回来和真票放在一起做对比，并查阅资料、明察暗访，最终完成了一篇《张信哲北京演唱会假票满天飞》的文章，详细描写了北京假票市场的现状和操作手法。这篇文章被报社推荐给了新浪娱乐，第二天居然上了娱乐版的头条。后来，我跟人开玩笑说，汪峰上头条那么难，哥们儿早在2003年就凭一篇文章上了头条——当然这是玩笑话。

正是这篇文章让报社领导对我刮目相看，两个月之后，我从一个特约撰稿人正式转正成为一名真正的记者，工资每月1200元，稿费千字60元。就这样，我开始了我的娱记生涯。忘了跟各位交代，我转正的时候，那两个清华新闻系、人民大学的实习生已经离职，而哥们儿靠着不懈的努力和接地气式的工作态度进入了娱乐圈。

到这儿，我想说几句，现在很多年轻人抱怨这个抱怨那个，嫌这个工作累，那个工作钱少，但是，你们有我当初的起点低吗？有我当初的底子差吗？说实在的，你们要是有我这种毅力，有我这种心气，我不信做不成什么事。起点低有什么关系？关键还是要一直进步。没有人逼你止步不前，除了你自己甘于懒惰。如果因此一事无成，对不起，我认为那就是活该。

如果说我现在算是取得了一点成功的话，是因为我配得上自己所吃的苦，我配得上自己所付出的努力。

由于报社的工资较低，我每天早上和晚上还是会去卖旧杂志，争取多赚一点钱，毕竟还要为小郭同学赚取学费而努力。早晨收摊后，我便从德胜门骑车到东四十条美惠大厦，大概40分钟到单位，这样我就可以每天准时在报社上班。上班的好处有两个，一方面可以向师兄李松岩讨教一二，另一方面还能在公司吃免费的午餐，午餐是10元的标准，还会送一个酸辣汤，吃完午餐，小酌一杯清茶，站在窗台望着窗外美景展望一下人生，真的是一件很惬意的事情。

夏日的某个夜晚，我在马甸交警队家属院门口摆摊，正和身边兄弟聊天时，我们的主编沈尊光（摩登天空沈黎晖父亲）从那里经过时居然喊住了我。我一抬眼看到他就懵了，恨不得找一个地缝钻进去，这被用烂的比喻真的一点都不夸张。沈主编了解我的情况之后，只是说单位效益不好，让你受委屈了。我连连说这是体验生活，了解民生，瞎扯了几句，他转身离开了。

这件事情他始终没有向同事们透露。后来在公司出版500期的庆功宴上，他道出了这件事，众多同事哗然。那会儿哥们儿有点醉了，可赚钱并不是什么见不得光的事情，我一个农村孩子能够混到现在，与这么多青年才俊在一起工作，是一件很开心也很励志的事情。所以哥们儿一点儿也不自卑，脸一点儿都没红，而且，摆地摊也是凭自己力气赚钱，不是件羞耻的事。

在《音乐生活报》工作，我有很多可以接触大牌明星的机会，如崔健、BEYOND乐队、超载乐队、唐朝乐队、郑钧、许巍、孙燕姿、周杰伦、齐秦等等，做了许多大牌艺人的专访，也积累了许多人脉，每天拼命收集各种信息和资源。当时的汪峰还在华纳唱片，值得一提的是，他是我见过的众多艺人中思路最清晰的一位，采访完之后，我几乎不用怎么更改文字，就是一篇牛X的专访。若干年后，和他聊天时提到此事，他还为此颇为得意。

2000年之前《音乐生活报》还是业内数一数二的报纸，后来受互联网冲击，加之与领导的决策不无关系，2002年之后，报社就开始步入末路。但对于我个人来说，在报社工作的经历是最宝贵的财富之一。

工作时认识了许多媒体同仁，都对我挺照顾的，有什么发布会都会喊我过去采访，周俭、任相军、崔恕也都是那个时间认识的。由于我不是首席记者，参加的次数也不多，而发布会之后无非是发一个豆腐块新闻，领取300元的红包而已。但每月还是会参加几个，算是外快吧！我们还有一个比较牛X的中国原创排行榜，许多唱片公司都会喊我们的负责人去参加发布会，那会儿，许多知名娱记都是靠这个买车买房的，收入多少和自己的平台高低有很大关系。但后来这些娱记越来越牛X，而忽略了稿件的质量，所以很多前浪被后浪拍死在了沙滩上。

那会儿也涌现出许多假媒体，扛着摄像机每天跑各种发布会，那些活动主题差一些，不是很专业的主办方就花了不少冤枉钱，有时候也会考虑到人气方面，睁一只眼闭一只眼，也就给这些假媒体红包了，直到现在，北京还有一些这样的情况。记得当时我采访崔健的时候，他对此也深恶痛绝，但这都是多年的陋习，并非一朝一夕能够改变的。还有一些歌迷更可气，每次发布会都冒充记者领红包，这还不算，还会要求合影，拿明星的照片去签名，之后开始在自己的论坛，后来在淘宝网开店售卖，你可别小看他们，收入相当不菲。这还不算什么，更有假媒体不请自到，主办方不给红包就要混蛋吵架，主办方也有屈服的，息事宁人给钱让其走人。但对于我们这些专业人士而言，几乎没有发生这种现象，因为哪家媒体的人我们都很熟悉。

2003年的时候，互联网的春天刚刚开始，与互联网有关的一切都欣欣向荣，蓬勃发展，而我也恰恰抓住了这个机会。认识新浪娱乐的编辑雷振剑（十年之后，雷振剑成了乐视体育的总裁）之后，我的每篇文章都可以在这上面刊登，当我写到第十篇专访时，恰逢新浪音乐给许多撰稿人建立专栏，而我也顺利成章地拥有了新浪专栏，和金兆钧、张晓舟、王磊、科尔沁夫等业内大咖并驾齐驱，真的是一件快事！

2003年9月17日，第五届CCTV-MTV音乐盛典在工人体育馆拉开帷幕，我应邀去采访，之后写了一篇《音乐盛典软肋多，歌坛需要权威的音乐盛典》，对当前颁奖礼分猪肉的做法做了抨击，在业内引起不小的反响。不过这都不算什么，最引人注目是，当天，我和那英吵架的新闻登陆了各大媒体版面。

事情原委是这样的：我问那英道："那姐，你好！你和孙楠已经在国内获得了许多奖项，这次又获得了内地最受欢迎女歌手奖，你以后会不会转为幕后工作。因为，以后当你们老了，不再吃青春饭，会不会自己写歌当制作人呢？"

那英笑问："你是哪个媒体的？"

我如实说我是《音乐生活报》的记者。

那英说："你看我像是吃青春饭的歌手吗？实际上很多时候我不想拿奖，但既然颁了这个奖给我，这说明大家还是很喜欢我的，至于以后的事情，以后再说。"

我认为我所问的只是一个普通而正常的问题，但当晚《娱乐现场》《每日文娱报道》则刊登出了媒体记者和那英交恶等画面，认为那英在吃青春饭，抨击颁奖典礼等等负面新闻，一时间我有口难辩。后来我被圈子里一大哥狠狠批评："你这样以后怎么见那英，多不好呀！千万记住别在圈子里树敌！"我将这教训铭记在心！

不过，我还是要感谢这个颁奖典礼，因为，在发布会结束的时候，唐峥抱着张国荣的海报回家了，我则拿走了王菲的一张海报。

那阵子我非常感谢我的编辑部主任蒋力和侯桂新，正是他们的不断栽培、悉心照顾，才让我的文笔大大提升。每天晚上都会给我各种演出票，京剧、话剧，甚至交响乐，都会让我们去亲身感受。每次的文章从标点符号到错别字都逐一指出，还请一些媒体大咖来给我们上课，这使我受益匪浅。

进步这种"步"，应该永不止步。我深知自身能力依然不够，所以，只要有学习的机会，我都拼力抓住，甚至，没有机会创造机会也要去学习。

生活逐渐好了起来，我也有了充足的时间去北京大学蹭课。蹭课其实挺好玩的，路上随便找一个学生和她套套近乎，很容易就拿到了课表。对我而言，最需要充电的是新闻和中文，这两个专业我耐着性子足足听了两年。讲新闻专业的老师叫徐宏，是蒋力老师的好友，当我说出自己的报社的时候，她默许了我可以听她的课。

我记得她讲新闻标题时，其中有一句："《北伐运动激战正酣，吴佩孚飘然南下》，这个'飘'字用得特别好。"若干年后，我见到徐宏老师提到这个标题时，她会心一笑，道："这你都记得呀！"还有一次，老师谈到"简单温馨"，她说："简单点：我想和你睡觉！温馨点：我想和你一起起床！"精辟呀！

北大的食堂饭菜品种很多、很便宜，我通过别的同学办了饭卡，不忙的时候就在校园里吃饭，我很享受那种生活，仿如重回学生时代，那天在食堂吃饭，两位女同学在聊天，其中一个微胖的女孩说："最近我一直在吃减肥药，过了一段时间看了看效果，发现全身上下哪都没瘦，就尼玛'胸'变小了！"我当时差点笑喷！

我也很享受在北大教室上课的情景，小时候谁想到能在这里上课呀！虽然只是冒牌货，但是，内心还是得到了巨大的安慰。在教室里写稿、看书，享受北京梦寐以求的幸福生活。

其实，人生的幸福很简单，就是得到内心的自足。我能在北大学习，那时候，就是我最满足的幸福。

有段时间，我的写作仿佛进入了瓶颈期，用了很长时间试图改变它，却徒劳无功，只好尽量减少写作。学校里有很多演讲，还有许多活动，无事时偶尔关注一下，抽时间也会去听听，多少也会增加自己的见闻，提高一点能力，毕竟，北大是全国精英学子汇集之地，每个人都是万里挑一的天才，三人行都必有我师，何况这么多优秀的才子呢。

后来，我又去北京师范大学蹭课。于丹当时很有名，但在学校口碑一般，许多学生不爱上她的课。但记得当时有一个老师讲

"五四运动"讲得特好，听他的课简直就是一种享受，特别振奋人心。这个老师微胖，特别幽默，每次上课小小的教室后面站许多人听课，都在记笔记，当然也包括我。那会儿我特别勤奋，其实就是拼命想把以前缺失的东西补过来，尽自己最大的努力不被这个圈子抛弃，那是我当时心里最真实的想法。

在大学蹭课的这段时光特别美好，在校园里，不管多少岁，总有一种回到青春的感觉。所以，我一直非常喜欢校园，喜欢和同学们在一起嬉戏，一起无忧无虑地共度青春，我喜欢那个氛围。由于工作的原因，已经很久没有走进北大了，很久没有在未名湖边散步，也很久没有在北大的草坪上看书、睡觉了，真的很怀念。

我感谢北大，感谢它的包容，让一个想进步的我，有了一个可以在全国最优秀的学府免费学习的机会。愿北大越来越好，也祝愿我自己的进步之心，永不停歇。也愿你永远精进，永远成长，永远心有光亮。

第二部分

过了三十岁，

我还是少年

我们都是在人生舞台上表演的人

很多人都喜欢用"人生如戏"来抒发对人生的感慨，然后有时候接上一句"全靠演技"，或者"每个人都有自己的舞台"，或者"每个人都是自己的导演"。

而回想我的娱乐圈生涯，那可真的经常像"人生如戏"，更真的经常与舞台有关系。比如，我就经常为明星"搭台"，让明星"唱戏"。虽说我就是一个幕后做绿叶的，但实际上，无论是舞台上还是舞台下，我为别人搭建的舞台，也是我的舞台，也成就了我自己不断成长的表演——虽然，这无人观赏。

《音乐生活报》给我的娱记生涯带来了不小的收获，它在业内或许并不是最好的周刊，但至少培养了我。后来，我的那些师弟师妹们在圈内有搞不定的明星，都开始陆续找我，而我总是义无反顾竭尽所能地帮助她们。

空闲之余，也给几家门户网站撰稿，赚取一些稿费，收入不菲。在《音乐生活报》待了一年多的时间，我便去湖南卫视投资的一家周刊做了半年。再后来，当时担任《新娱乐》杂志编辑部主任的崔恕推荐我去他们杂志工作，和总监聊得挺好，几乎就确定去那里了。但计划赶不上变化，我当天和《音乐生活报》的一个同事一起吃饭，席间，他问我下一步想好去哪里工作了吗，我不经意间说出了我的去向，结果没过几天，崔恕给我打了一个电话，说你们报社的同事已经入职了，我当时就懵了！这他妈的还是我哥们儿吗！此后，在长达十年的日子里，他都存在于我的黑名单里。

还好，天不绝好人之路。那时候，英皇唱片和中国唱片总公司合作在北京成立了"中唱英皇"有限公司，其中，最重要的一个项目就是为歌手王杰在北京做一场演唱会，此前，王杰一直没有在北京开过演唱会。我很有幸参与到王杰的第一场北京演唱会的筹划中，开始学习操盘演唱会制作。这是一个全新的领域，而促成这件事情的人是香港大地唱片公司的老板林宝莲女士，她找到我和小杜、巴华成立了企划宣传团队，并和中唱公司的王巍等人一起操作这场演唱会。

我很感谢王巍，他作为操盘手做得非常优秀，尤其是他爱人园姐也相当厉害，做过许多大型演唱会，例如刘若英、罗大佑的演唱会。而我作为新人只是在传媒领域认识一些媒体人而已，需要学习的东西还很多。这次，在前辈们的指点下，我们的企划循序渐进，做得很有层次感，宣传得也很有章法，再加上杰哥的配合，在三天时间里，和我们一起穿梭在北京各大媒体之间，网站、电台、电视、周刊轮番轰炸，几个门户网站也都帮忙制作了专题。而且演唱会的票价定得也比较合理，分为100元、200元、300元，以及最贵的1280元。开票没几天，走得还算平稳，但一直鲜有亮点。这一点让我非常头疼。为了找到解决方法，之后的每天我的思绪都在王杰的故事里缠绕。

以前王杰做客央视的时候，提到一个留学生在英国求学阶段宿舍着火，他不顾生命危险跑进宿舍抢出自己收藏的王杰唱片，这个故事真的是一个好题材。我专门把这个学生找到，并邀请他与王杰参加电视与一些网站的访谈节目，这期节目播出后，演唱会门票销量扶摇直上。从这个话题中，你可以感受到台北、北京以及海外游子的思乡心切，而许多成功人士均有海外留学经历，谈一些留洋海外聆听华语音乐是很能够引起共鸣的。我门还请这位留学生参加了新闻发布会，这是现场一个不错的亮点。后来的结果证实这个新闻点非常具有实效性，看来这样的路子是对的。

　　结束北京的通告之后，送王杰回香港。离开北京首都机场，我们在回城区的路上，接到英皇唱片宣传的电话，说飞机在飞往香港途中出了问题，暂时失联。我马上把这条新闻告诉了新浪的雷振剑，他第一时间，在娱乐头条标出"王杰返港时飞机失联"这条新闻，两个小时内被各大媒体和歌迷关注。

　　说实话，这个真的不是炒作，事实原因是前几天通告排得较满，王杰登上飞机后就睡着了，对于飞机上的混乱情况竟然浑然不觉，后来等飞机被迫降落在首都国际机场之后，以为到了香港的杰哥和助理才发现又回到了北京，问过身边的旅客才明白刚刚飞机在空中盘旋了两个多小时，先是说飞机引擎故障有一边不能转动，后又说是漏电导致不能正常飞行，最后才搞清楚是因为飞机漏油而被迫返回首都机场，把杰哥和助理阿辉吓到半死。

　　等他们航班降落北京之后，我给王杰的助理周柱辉打电话，希望他俩能够回到北京一天，把这条新闻做大，多邀请一些媒体说说空中惊魂，但被他婉言谢绝，那天是我第一次和他吵架，而且很激烈。但我还是觉得那次如果换个航班，在机场简单说几句效果真的会很好，当然，这些事情我自己是无能为力的。后来新浪补了一条新闻："王杰所乘班机遭遇空中漏油 紧急迫降心有余悸"，让这个新闻事件的传播率画上了一个还算圆满的句号。

2004年，姚明在NBA小牛队打球，但我获知了一个新闻说姚明以前在KTV里唱过王杰的歌曲。这个信息至关重要，我当时联系了一下姚明的经纪公司，希望他能为王杰的北京演唱会录个VCR，他们经纪公司答应了，但因为姚明一直在美国打球，无法完成。可我还是希望王杰和姚明能够扯上一些关系，但这个决定真的太大了，我和王巍他们商量之后，他们还是决定试一下。

我当时做的标题是"王杰北京演唱会欲请姚明做嘉宾"。其实，我当时之所以这么做最重要的原因，是由于王杰唱歌之前做了很长时间的特技演员，王杰对体育的兴趣一直都十分高昂。而在做特技演员的过程中，他身上受的伤绝对不下80处，由于身体里很多地方有钢钉或是夹板，他几乎变成了金属人。正是基于这点考虑，我才决定做一个扑朔迷离的新闻，而且做这条新闻之前，我和杰哥聊过姚明，他也很欣赏这个小巨人。

其实，我做这条新闻很流氓，一来可以博得眼球效益，另外，最重要的原因是邀请姚明来现场王杰也不跌份儿，这是双赢，所以最后还是写了这篇新闻稿。假如姚明不能够来现场，就说在美国打球请不来假也有说辞。

第二天，当这条新闻被各大网站发布之后，订票电话被打爆了，一天之内卖了36万票房，这让主办方信心大增。其实，做宣传一点要讲究一个度，如今，不用宣传而直接告诉大家某某人要开演唱会了的思路早就过时了，就连某著名大导演的电影也需要大张旗鼓地宣传，给媒体包的红包比谁家的都厚。

后来，王杰的北京演唱会在北京获得了空前的成功，一位男歌迷甚至难以控制自己的情绪冲上舞台，冲向了王杰，我们一帮人费了半天劲才把他拉下台去。当晚，王杰泪洒首体，但演出结束后，我带着王杰飞速跑出首都体育馆，任由歌迷在台下喊叫，没有返场演出，这也符合杰哥的个性。

应该说这场演出的成功与其精心策划是分不开的，另外，主办方在平面媒体、网络渠道以及电视、电台领域的宣传攻势是巨大的，成功一直是留给有准备的人。后来，我简单做了一个统计，我们在一个月的时间里共刊发了30轮新闻和评论。此后，王杰在内地的演唱会开始逐渐火爆起来。

　　表面上，这是王杰的舞台，其实，也是我自己的舞台。通过给王杰做演唱会前前后后的工作，我不仅锻炼了自己的能力，还在很多人面前展示了自己的能力，成功拓展了自己的人脉圈，有了更多的发展机遇。机会眷顾有准备的人，同样一个舞台，每个人都有"演出"的机会，就看你能不能抓住机会，就看你有没有能力。

　　我必须要感谢很多人，其中，我很感谢金爷（金兆钧）对我的支持，我当时做王杰北京演唱会，他还给写了评论，真的太给面儿了！在娱乐圈有许多大佬，而我自己最钦佩金爷，他喜欢饮酒，在音乐圈是出了名的，我曾经跟他交手数次，均以失败告终。我认识他是在艺术研究院，某天，我去和朋友见面，偶然看到他要过来讲课，内容是流行音乐发展历程啥的，在研究院教室门口贴着他的简历，我心里嘀咕，这老爷子咋这么牛呢。演讲一开始，我就傻了，这老爷子不仅风趣，而且确实很牛。演讲结束之后，我有幸和金爷一起吃了晚饭，最重要的是还喝了酒。

　　记得有一次，我们几个人在一起喝酒，王磊当天也在，喝了一点就匆匆离去，崔恕知道金爷在之后，害怕得干脆关机。其实，崔恕的成长和金爷也是有很大关系的，当年，这哥们儿在老家写了一篇评论骂金爷，被金爷看到后，没有发怒，而是逐渐联系上他，鼓励他来北京发展，这段往事在业内传为佳话。

崔恕刚来北京那会儿特别能喝，把金爷都吓了一跳。两人喝了一顿酒之后，当晚，金爷把崔恕送回了家。据金爷说，自己一辈子都没送过谁，崔恕是头一个。那会儿崔恕住得较远，金爷费了九牛二虎之力才将他送回家。

我喜欢金爷喝高的样子，特别能侃，风花雪月、唱歌讲故事都是他的强项，有天晚上在三里屯中八楼，我们饮了8个多小时，喝到天快亮，一共喝了40多瓶啤酒，结了800多元钱，我兜里装得钱不多，无奈将手机抵押在吧台。送金爷回家的时候，在他们家门口，他拉着我在出租车里聊天，到他家20元钱，最后聊到128元他才离去，我打车到楼下，田华和小杜下来买的单。过了很多年以后，我才把这段往事讲给他听，他骂了我一顿，说为什么不早点告诉他，他是可以签单的。

我最爱听金爷讲一个典故，讲的是清朝后裔的故事，说一大帮姑奶奶在天津聚会，话说有人拿爱新觉罗姓氏说事，一个王爷劝她们就此作罢，最经典的一句当属："咱大清国都不要了，还在乎这点姓氏吗？不就是想多卖点钱吗？这算什么呀！"每次说完这段众人都鼓掌喝彩，太提气了！我说的可能有些出入，你要想听原版，就请金爷喝酒吧！

人生舞台虽多，但机会终究有限。感谢给你舞台的人。虽然人一生之中难免会遇到一些不好的人，但更多的是遇到好人。愿人人知感恩，愿人心皆有善。

请相信，人生总会有更好的开始

我这人爱折腾，经常闲不下来，所以，每当换了工作的时候，总会有些朋友担心我，怕我失去了过去的稳定，又换不来将来的发展。当时我偶尔会解释，但如果是现在的话，我会用《权力的游戏》里的一句台词回答：一旦害怕失去，你就不再拥有。

换工作并不是多么危险的事，对于一个"职场冒险家"来说，人生总会有更好的开始，多去尝试，多去体验，才会不断进步。

有一天，我和姜昕在鼓楼一个很隐秘的酒吧喝酒。那会儿她住在鼓楼附近，经常流连于各个特色酒吧，和朋友们小聚，她的那几个好友我也都认识，如王晴、赵波之类的才女。我记得入行时，某天参加"译乐队"的专辑发布会，她见到我说："凯凯，这个行业是一个大染缸，希望你出淤泥而不染，做好你自己。"此后，那段话让我铭记于心，成了混迹这个行业的座右铭。若干年后，每次见到她，都会感慨她当初给我的影响，应该说，她也是我的贵人，至少，那一晚是。

那天喝酒的还有苏昆，她是《世界都市IOOK》的服装编辑，当苏昆知道我想要换工作的时候，她跟我说自己的杂志正在筹建市场部，建议我去试试，我那会一直想换一个工作，苦于没有机会，这次是否是一次良机我不敢确定，但我还是决定尝试一下。

杂志社很特别，在798艺术区中断的一个地方，门前有很大的一个停车场，办公室则选在篮球馆里，却设计得很合理，一看就是一帮文化人才能做出来的杰作。

接待我的是《世界都市IOOK》的主编晓雪，一个冰清玉洁般的女子，一头短发，很瘦，原来就职于嘉禾影业，在杂志行业非常有名，她的老公也很厉害，是一个很牛的摄影师，当年陈凯歌那张手指嘘不让人说话的照片就出自他手。在来之前，我也是做了点功课的，苏昆给我讲了一些他们杂志的现状，以及未来想要发展的趋势。心里有了点底之后，我表现得还算从容。

晓雪和我聊完天之后，觉得还算不错，就拉着我进了二层一个单独的房间，介绍她的老板洪晃跟我认识。第一次见洪晃我吓了一跳，她不怎么修边幅，穿得有些邋遢，或许是上午不怎么见客户吧！她大致了解了一下情况之后，问了我一个问题："我想要在杭州开一个关于杂志的新闻发布会，你如何帮我搞定媒体？"我回答说："首先，我必须承认，杭州的媒体我不是很熟悉，但杭州有许多日报、晚报都在北京设有驻京办。我会通过他们帮我找齐和我们对口的所有媒体，来帮我们发布新闻稿件，做好之后，我会请他们吃饭略表谢意。这样做比较简单、快捷，当然，如果时间充足的话，我们做起来可能会更加顺畅。"

洪晃晃了一下头，就伸出了手，说："欢迎你加入CIMG集团，你去楼下签约吧。"我那会儿有点蒙圈，这也太快了吧，只有不到十分钟的时间，我就又有了一份全新的工作。接下来，我和人事处的女孩简单聊了一些待遇之类的问题，就顺利入职，此后，我成了一名彻头彻尾的白领。

从来都没有正式上过班的我，在起初的那段时间里压力非常大，要学会做PPT和各种文档报告，我需要尽快学会这些入门级的东西。那会儿，有啥不懂的就问我们公司的几个姑娘，那几位看到热情的笑脸，再烦也不觉得有啥，伸手不打笑脸人嘛；再加上我偶尔的小恩小惠之后，她们都开始不厌其烦地传授我各种办公技巧。在一个月之后，我已经完全适应了这种生活。

洪晃的视觉很独特犀利，她可以在最短的时间里判断出事情的根本，这一点我非常佩服。她几乎每天都准点进入办公室工作，很少迟到，时间观念非常强，我最怕和她开上午的会议，如果10点开会的话，我会在早上7点钟就早早出门，以防迟到，只要迟到，她的脸色就会很难看，而且是相当难看。

杂志的工作很烦琐，尤其是定版的那几天，所有编辑都集体加班，我们《TIME OUT北京》还有一本英文刊，一帮老外整天放着摇滚乐工作，忙得不亦乐乎。

杂志刚开始的推广工作很不利，我们去学校做了许多工作，但效果都不是很明显，这让我们很是头疼，但也没有更好的方法。当时许多杂志有销量作假的问题，我们还开了一个发布会，名字叫"心中有数"，在业内激起了一点浪花。我记得很清楚的是，洪晃当时还为此写了一篇关于国内许多杂志造假的文章，我们推荐给《经济观察报》，发倒是发了，可惜不大，最令我感到愤慨的是落款"读者洪晃"，这一点让我耿耿于怀。后来，洪晃红了以后，这家媒体记者又来采访洪晃，被我严词拒绝，洪晃当时也觉得我拒绝是正确的选择。

我一直不习惯穿西服，但到了公司之后，要见各种客户，上一次穿西服是几年前结婚的时候，没想到现在上班时也要穿，而且天天都要穿。说实话，穿西服真难受，每天晚上还要熨烫一下，还要穿皮鞋，跟租房中介穿得差不多。最重要的是穿着西装去挤公车是一件很操蛋的事情，但现实就是如此残酷。我记得很清楚，我的那件西服花了我900大洋，是在一个尾货市场购买的。那件西服至今我还有保留。记得有一次，公司办一个活动，我穿了休闲服，结果，被Patrick责备了几句，不好意思，重新回家换了衣服。

那年冬天，公司组织员工去郊外滑雪，我却不争气的病倒了。每到换季的时候，我都特别容易生病，而且，一病就是好几天。那天，当我一个人躺在床上，感到前所未有的难过，忍不住给我媳妇打了一个电话，在电话里像一个受伤的孩子似的痛哭流涕，那是我在北京第一次流眼泪。其实到底是怎样一种情感，我也说不太清，总之，酸甜苦辣，五味杂陈，特别复杂。之后，我开始告诫自己，以后，再难也不流泪，那样是不是才更像一个爷们儿！

我在CIMG集团工作了一段时间后，手里有了一些积蓄。便把小郭同学接到了北京，他也开始了自己的求学生活。小郭同学适应得很快，每周给他安排的钢琴课也能完成得很好，和居民区的几个小孩也建立了深厚的友谊。当时，我特别害怕他不能够合群，怕他融入太慢。一开始他的自信心较弱，但随着时间的推移，慢慢好了许多。我给他买了一辆新的自行车，是那种小赛车，我也能骑，每天早上送他上学的时候，他坐在车把上搂着我，向学校方向慢悠悠地驶去。这个画面是那段时间我心底最温暖的一道风景线。

有天带小郭同学出来玩，看看烟花。小时候我也喜欢燃放烟花，无奈囊中羞涩，每年都沦为看客，等到了有经济基础的时候，才发觉兴趣全无，偶尔和家人在一起燃放，亦属例行公事。不过这并没有改变我对它的喜爱，我喜欢它耀眼的光芒，纵然是一瞬间，但光彩夺目，令我晕眩。它们在夜空中慢慢绽放着璀璨的光芒，又迅速地消逝在无边的夜色里，淡淡的雾气渐渐飘散在天空，再也找不到一丝痕迹。这一点犹如我小时候所写的作文《我的理想——做一颗流星》有异曲同工之妙。

烟花散尽时，我有些失落，看着街上渐渐消失的人群，多了一丝淡淡的忧伤，我不知道这种忧伤从何而来，但这种感觉已然困扰了我许久，迟迟得不到解脱，这可能是压抑了太久的缘故，我想很快就会释放出来的，只是时间迟早的问题。

"这世上，总有好事的。"

这就是那天，我拉着小郭，看天上的烟花时，所想到的。

克制一点，在众多机会中选最好的那一个

　　有时候机会来了，挡都挡不住。尤其在这个互联网时代，资讯极其发达，仿佛遍地都是机遇，仿佛任何人都有可能一夜成名，一夜暴富。然而过多的资讯和"机会"难免会"乱花渐欲迷人眼"，结果不小心做了错误的选择。所以，越是机会多了，越是要克制一点，冷静分析，沉着对比，最终做出最合适的选择。做洪晃的博客，就是这样一个过程。

　　2005年初，博客刚刚兴起，几家门户网站打得火热，新浪力邀徐静蕾、韩寒加盟，一时间以横扫千军之势压得其他门户网站抬不起头来。而洪晃和潘石屹等人关系较好，无论怎么怂恿也不为

所动。其实，我们市场部那时候已经在操作洪晃博客的事情了，但一直没有想好切入点，所以没有轻举妄动，现在想想这也是明智之举。不过，机会总是要来的。

陈凯歌的《无极》上映之后，网上骂声一片，那时电影宣传还没有形成规模，大部分评论还算公平公正，电影公司多以自己的宣传和媒体对接，用自己的能量为电影造势。后来，才有了一些专业的媒体人士大举进军营销行业，用几乎垄断的手法为电影做营销，像《失恋33天》《让子弹飞》等等依靠营销大赢的神奇营销案例如今都成了教科书中的经典案例。

观众对陈凯歌并不买账。当时还名不见经传的胡戈，剪了一个视频，也就是《一个馒头引发的血案》，陈凯歌对此十分恼火，差点将胡戈告上法庭。馒头事件，无非是胡戈向陈凯歌扔了一个馒头，又不是板砖！陈凯歌也太小家子气了吧！你陈凯歌拍了一部《无极》，观众不管是看了你的电影还是买了你的光碟，总之是消费了，你拍得不好，还不能对你的质量提出疑问，还不允许人家骂几句？消费即正义，所有消费者都有对商品评价的权利！若差评不自由，则消费无意义。

《前夫和馒头》这篇文章是洪晃上午在百忙之中抽出时间写

的，看完以后觉得很爽！另外，我还贴了他另外一篇《女人一生睡多少男人算"值"》，均是佳作。当媒体采访洪晃时，洪晃则认为前夫有点小家子气，和一个小孩子较劲不值，她大度的胸襟博得了媒体的认可，一时间，《北京青年报》《京华时报》等媒体率先发力，洪晃的名字几乎占据各个媒体版面。

从博客刚刚起步，我就不断怂恿洪晃加入，在和我李剑苦口婆心、威逼利诱之下，她还是松口了，但态度依然很坚决，博客名必须更名为"洪晃找乐"。或许，大家不太明白为什么要叫"找乐"，这其实来源于我们杂志的中文名"名牌世界乐"。新浪起初不是很乐意，但我抛出如果你们还这么较劲的话，我们只能和腾讯谈了。我们在极短的时间里，和新浪的博客高层做了两轮的沟通，看来我们这两个月的沟通没有白费，至少，开通这样一个博客对于我们杂志是非常有利的，这也是洪晃答应的最重要的一个原因，洪晃曾经说过了杂志好，我有时候给你们做三陪都乐意！她还真是可爱。

新浪博客也特别重视这件事情，派了两名技术人员亲赴我们公司，手把手教大家如何玩博客，最重要的是教洪晃如何玩博客，在谈妥一切推广位置之后，洪晃的第一篇博客正式推出，在短短4天之内，阅读量400万，一时间在业内传为美谈。

洪晃的小说《我的非正常生活》销售得一般，而凭借博客的力量，又销了不少，此后，我每天都会将她的小说逐字逐句打下来发在博客上，再加上以前她给《TIME OUT北京》写的那些专栏文章一并发在博客上。当然，让大家知道并喜欢上洪晃的文章则是类似《女人一生睡多少男人算"值"》等"争议性"文章，因为她道出了一些女性的心理，女权当道的这种感觉迅速让洪晃成为了"女权主义"的领军人物。

博客的每篇文章阅读量都很不错，点击率在很短的时间里占据了前十的位置，在一个月之后成功占据第四位置，实际上是第三名，第一名是徐静蕾、第二名是韩寒。当时新浪的侯小强想要塑造一个平民偶像"极地阳光"，一直让他占据新浪博客点击率第三名的位置，但工作做得很不细致，如阅读量多少是可以作假的，但评论和转发的数字是有一定的科学比例的，这个很难做假，而新浪博客则恰恰没有做好这一个细节。我当然知道这其中的猫腻，有些成为谜团挺好，当然，博客没落以后，大家也不知道"极地阳光"是谁，但这些都无所谓了，只需要知道"洪晃"是谁就够了！也正是凭借博客，洪晃奠定了自己在文化精英领域的地位。

洪晃为了让我们迅速得到提高，还从国外请来了专业的销售为我们做培训，培训地点就在洪晃家里，她的家很简洁，一排大沙发跟办公室似的，饭桌上写着一句话"革命就是请客吃饭"，以至于朋友们来她家吃饭都有一种很豪气的感觉。

我们公司的姑娘们都是工作狂，尤其是交稿的前夜都是连夜鏖战，晓雪也不回家，困了就躺在沙发上睡觉，男男女女睡在一起，早上我们上班的时候，把平时牛X哄哄的美女们的睡姿拍下来发到工作群里，被美女们在办公室里追着打，好玩吧！

洪晃骂人特狠，某次，一美女编辑把图交了，文字忘了发送，在办公室里被洪晃大骂："只发图、不发文字，你干什么吃的，你和你男友做爱，做到一半，他突然不干了，你乐意吗？"姑娘低头不语，我们所有人都目瞪口呆，事后，姑娘放声痛哭，我们则各种安慰。这种事情在我们公司已经屡见不鲜，大家的抗压能力超强。

在洪晃的《我的非正常生活》一书中，员工戴政这样说："洪晃常拿那些凤毛麟角的、没结婚的男生开玩笑，她倒是很想让她的公司里面能成一对，哪怕是传出仅仅是恋爱的绯闻也好。毕竟在公司里，至今的第一对，也是唯一一对成功的婚姻，会给这个不算太老的公司带来喜庆的回忆。"

这次洪晃终于如愿以偿了！我的顶头上司Patrick某天午饭时，宣布将和《世界都市ilook》的一位美女万鸿于2006年1月4日结婚，弄得我一头雾水，一脸茫然，连连问今天应该不是愚人节吧！

这段办公室恋情隐瞒了快一年，终于浮出水面，想象一下以往和他们两人交往的过程中所发生的那些事情，弄得自己都乐了，多少破绽呀！我竟然是公司最后一批知道这件事情的！唉，真是太失败了！但是，还是要恭祝Patrick和万鸿能够真诚相爱，白头偕老。洪晃和晓雪也是才知道这件事情的，也感到很诧异这保密工作做得真好，我想以前地下党活动能做到的无非也只能是这样了！

最牛X得莫过于在婚礼请柬上竟然印上了两人的全裸（关键部位用手挡住）婚纱照，太有创意了！不愧是洪晃手下的得力干将，真想对他说："Patrick！以前我觉得我挺牛X的，现在发现你比我牛X！"

Patrick和万鸿结婚，集团的同事来了四五十人，洪晃当晚任司仪。

婚礼开始时，洪晃问："谁最早发现了他们谈恋爱的苗头？"大家都无语，洪晃接着说："凯凯！你来说说？"

我一脸无辜地说："我是最后一个知道这件事情的。那天，

Patrick跟我说要请我吃饭，我还有些纳闷，为什么请吃饭呢？大家都知道了，我还蒙在鼓里。"

当婚礼进行至一半时，洪晃又说："大家静一下，说个笑话.有一天，Patrick和万鸿请大家吃饭，席间，他俩正式宣布这件事情时，凯凯以为在开玩笑，没有在意。当两人相拥一起亮出结婚戒指让凯凯看时，凯凯面无表情地说：'噢！买重了！'惹得大家哄堂大笑。"我满脸通红，太丢人了！

最重要的是，Patirck曾经开车送过我回家3次，万鸿均在车上，我还以为她也是坐顺风车的，我怎么这么不注意观察生活呢！咳，真是失败！

在洪晃那里工作的那几年是我最快乐的时光，虽然钱赚得不多，但非常快乐。她教会了我许多工作方法，而这些方法让我在未来的各种工作中都光芒四射。比如说，你是一个画家，你要画一头大象，你画了大象的大腿，你问我，不错吧；你画了大象的耳朵，不错吧；当整体完成后，你又问我如何。这个故事的意思就是说，你看待任何事物都要看到他的全局，而不是局部，局部做得再好也没用，这就是一种作为统帅所拥有的大局观。

洪晃的美国式思维很先进，也切实有效，面对任何事情都管用。而针对一件事情，首先要做一个合理的规划，按照步骤逐步去完成它，之后细节就很重要了。用美国人的思维模式和中国人的思维模式去做结合，找出更有效的方法去做事情，这样你的成功几率会大增。此后，我在做许多大型演唱会的时候，这些方法都起到了决定性作用。

洪晃有时候像一个小孩，有些任性。前台咖啡机坏了，正在维修，某天，她冲着阿姨喊，我不管，我就要喝咖啡，无奈，阿姨去外面星巴克帮她买了一杯，我们都哭笑不得。798整改之后，特别傻的是不让出租车进去，这一点给里面的单位和工作室带来了很多不便，因为从大门走进去需要走很多路，一些穿高跟鞋的女士就非常不方便了。某天，洪晃坐着出租车到门口，门卫不让进，结果两人吵了起来，洪晃说话有点不客气，气呼呼地大骂保安，这时，她的一个熟人走到她身边："晃儿！你干吗呢？"她一看是熟人，脸一红，二话没说匆匆离去。

记得有一次，我带洪晃去搜狐娱乐做访谈。那会儿她刚买了一辆黄色的POLO，或许是刚拿驾照不久，还充满了新鲜感，以前都是打出租车或者别的同事带我俩去做访谈，这次则是她开着车带我去。我们走北四环，沿途不是很堵车，拐弯时，我跟她说了两次要往保福寺桥方向出口出去，她接了一个电话就走过了，一直开到了海淀桥，我俩居然迷路了。我赶紧给李剑打电话，费了九牛二虎之力才开到了搜狐娱乐，完成了那次访谈。

结束之后，我俩返程，本来我到马甸桥路口下车即可，她倒好，一路高歌将我送到了798办公室。她开车很慢，好几次我都要睡过去了，但一想到老板坐在身边，哪好意思呢，于是使劲掐自己大腿，终于到了公司停车场，停车时一不小心开到了一个不算很大的坑里，只是左前轮下去了，我去公司喊了李剑过来帮忙，这位爷上去一把就将车倒了出来，我们面面相觑，晃姐开车这技术！我和我的小伙伴都惊呆了！

不久，晓雪离开了《世界都市ILOOK》，她离开的时候我有些伤感，是她将我介绍到了洪晃身边工作，滴水之恩自当涌泉相报。当晚，我们在一个酒吧里为晓雪送行，洪晃讲了足足45分钟，情真意切，感谢晓雪为这本杂志服务了6年的时间，这期间，大家见证了这本杂志的成长历程，如今，它正在健康地成长，就像把自己的孩子辛辛苦苦抚育长大，然后又与之分开，对晓雪而言，真的是一件极其痛苦的事情。临别时大家都说了许多祝福的话，这中间也包括我，我对她说我忘不了你，你只是暂时离我们，因为在我的眼里，你从来就没有离开过，那一刻我很伤心。

洪晃作为我们的老板，在处理这件事情上很得体，给大家发邮件时，她伤心地哭了！这么多年的朋友即将离别，伤感亦是在所难免，我想她俩一辈子的朋友看来是做定了！

工作与人生，同事与朋友，每个人每时每刻都有选择。在洪晃这里工作的经历，我学会了如何做选择。在众多的机会中选择最好的机会是选择，在众多的朋友中选择与大家相守也是选择。机会的选择，需要做最优项，而朋友的选择，没有非此即彼。

感谢我们一起努力过，感谢曾经现在我们都很好。

人生最大的幸福之一，就是跟对人，学对事

俗话说"男怕入错行，女怕嫁错郎"，所以，跟对人，学对事，是一种幸福。对于我来说，能遇到洪晃这么好的领导，我是非常知足，非常有幸福感的。

其实，非常有幸能跟洪晃在一起工作，外界对她不是很了解，总认为其为人泼辣，言语尖锐，给人一种很难接触的感觉，但这些都是外表。她在做事情的严谨度上、大局观上对我未来的成长绝对是非常有帮助的，通过接触她独特的见解和想法，让我每一天都能感受到自己的进步，这一点真的让我感到兴奋。外企的各种规矩和规则，都被我铭记在心，以至于后来在任何场合我都能应付自如，

继而因此对这个前任老板充满敬意，这种敬意是发自肺腑的。

洪晃喜欢雷厉风行，那会儿和国内几个著名的设计师还有北京现代舞团联袂做一个"花样"，时装秀，演出地点就在对面的967工厂内，工厂内杂乱无章，连大型机械都没有搬走，可我们的时装秀25天之后就要在这里举办，这简直是一件不可能完成的任务！但就是这样一个艰巨的任务，我们如期完成了，招待来宾的饮食也很独特，煎饼果子小摊开进会场，还有保福寺小吃驴打滚、火烧啥的，让到场嘉宾目瞪口呆。

洪晃谈判能力也是相当厉害，她气场很足，能用很短的时间就搞定客户，跟她一起见客户见识过她的谈判之后，我彻底服了，她真是一个非常优秀的商人。

我们计划拍摄一款手机台历，一周时间内拍摄12个明星（高圆圆、徐静蕾、梅婷、孙俪、李冰冰、莫文蔚等），洪晃特别嘱咐我们一定协调好众明星拍摄流程（时间安排、服装、化妆、费用预算、相关人员名单详情）等事宜，由于我们分工配合，拍摄任务如期完成，后来，据杂志发行部说，那期杂志加印了许多。

洪晃对于杂志的宣传也有自己的直觉，经常跟我们交流一些她的看法，也很积极地参加一些活动。首届"嫣然基金"的活动，和我们集团合作，晚宴在嘉里中心举行，我主要负责媒体接待和嘉宾采访，王菲的车辆刚从家里出来就遭到了狗仔队的追击，他们的车跟在后面狂追不舍，在马路上上演着生死时速。车辆进入酒店大门，菲姐下车后直奔我跑来，一帮狗仔队举着长枪短炮向菲姐冲过去。我一看形势不对，骂了一句脏话，就扑了上去，菲姐从我的左手边腋下安全通过，在我同事的带领下顺利进入电梯。我长长地嘘了一口气，女同事们开始安慰我那两只胳膊上被指甲招呼而致的条条红肿伤痕。

晚宴的所有照片都归我们杂志所有，所以，严格意义上而言，是不允许其他记者拍摄的。我在巡视中发现两名狗仔队混入其中，毫不客气地将其赶出场外，并和其中一名发生冲突，后来，我去搜狐娱乐工作之后，才知道当晚被我赶出门外的其中之一是京城第一狗仔王小鱼。

晚宴结束后，我送李亚鹏和王菲到地下停车场，在电梯间，李亚鹏和我闲聊了几句，菲姐一直没说话，看着我眼神中表示出了感谢，这就够了，谁让她是我的女神呢？我们在确保安全的情况下，看着他们安全离开。

如释重负的我在这个晚上身心受到了极大的考验，以至于躺在出租车里都有种快要散架的感觉，连日来紧张忙碌在瞬间消失得无影无踪。在现场与香港狗仔队的正面交锋，高潮迭起、斗智斗勇般的场景如一部动作片似的煞是好看。

虽然洪晃在很多场合她都推说自己长得不漂亮，但我觉得她长相还算不错，当然这其实跟精明能干没有任何关系，男人欣赏女人的标准是不一样的，至少，她在我眼里不仅是我的老板，还是一个我非常钦佩的女人，经常给我惊奇，总让我觉得有些不可思议，同时还经常给我鼓励，跟她工作我学到了很多东西，确实让我受益匪浅。

我在CIMG集团工作了近三年，应该说是它让我重新上了一个台阶，这一点我非常感谢洪晃，我非常感谢洪晃在那几年里对我的栽培，让我对很多事物有了重新的认识，她是我生命中最重要的一个人。

过去现在，一并自在

　　现在的自媒体、营销号，比我们当年的那些狗仔在炒作上还能变本加厉。比如窦唯独自乘地铁，在面馆吃9块钱一碗的面，都被拿来无限消费。不仅想起一句话："毕竟流量是你爹！"其实现在的窦唯，跟我以前认识的窦唯没什么两样。他是一个活出了真自我的人，有些人眼中的"落魄"，其实是人家自己的"自在"，活得自在，内心充盈自足，这样的人，是活出生活真味的人，这样的人，可以说也是一种"生活家"。

　　窦唯一点也不落魄，那个时候他活得是一种自在，现在，更自在。而我，也争取是。

我在洪晃那里工作的时候，并没有放弃我在音乐圈的身份，反而更加努力。那时候写了一些非常不错的文章，如《宋柯：我为什么会离开华纳》、《窦唯：我选择低调是被逼迫的》，等等，这些文章在业内都拥有不错的反响。

那会儿我和窦唯关系还不错，约专访挺顺利的，就在后海庆云楼前面的一个小酒吧里，现在早已经不存在了。第一次见面时还是蛮有意思的，他光头，语速很慢，每一个问题都会仔细想想再回答，我当时做了许多准备，但那会儿全都没用，干脆把提纲一扔畅聊吧。我俩就点了4个菜，吃得一粒米都没落下，绝对是光盘行动。他抽4元钱的金桥，花几块钱去公园门口找大叔们剃头，一点也不像个明星，越是这样越反而给人一种很牛的感觉。但是，他那时候这么做，现在还是这么做，可见完全不是装的，就是一种自然的真实状态。现在想来，我真的很佩服。采访结束后，他让我把稿件传给他看一下，我也遵守了约定。

此后，我俩成了哥们儿，经常通电话，我也经常去看他们乐队的演出，他那会儿已经不唱歌了，只是打鼓，古琴是巫娜，我很喜欢的一个音乐人。上海一个记者说他混不下去了，就写了些吹箫卖唱啥的诋毁他的文章，我就站在客观公正的角度写了一篇反击的文章。后来，提到这些事情，他都会很有礼貌地致谢。再后来，窦唯烧《新京报》编辑的车，还给我打了一个电话。如今，他不是神仙，只是一个普通的音乐人，亦是我见过的最才华横溢的音乐人，后来我们见面的次数少了，知道他消息都是从他的乐手那里听到的。

有时候雷振剑也会为我准备演唱会的门票，让我去写现场，那段时间每天都生活在各种文字中，忙得焦头烂额却不亦乐乎。我那会儿主要给《音乐周刊》《北京青年周刊》写唱片评论，几乎每周都会选择一张唱片来写，当然也有不少约稿。稿酬还可以，一篇大概300元，他们的编辑会做一些精简，而等他们发布之后，我再发到各个网站，新浪、腾讯、网易、搜狐都会给我稿费，别的一些网站转载就无所谓了。不过，当时哥们儿比较鸡贼，每篇评论的前面都会用"郭志凯："，后面的才是稿子的标题，事实证明，我的这个选择是明智之举。

现在想想如果没有当初的努力，真的不会想到某天自己会凭借文字赚到不少稿费，另外，还出版了几本小说，这是个意外吧！我写的那些东西，现在翻出来看看还是不错的，主要得益于我在洛阳开了10年唱片店的经历，虽然，会有很多人对我写的东西不屑一顾。可我觉得有争议是好事儿，连大导演、大明星、大作家们都不可能全是好评，又何况是我这个写作领域的新手呢。争议能让我看清自己，能让我继续进步，有点儿争议挺好的。

我相信我的努力会让看轻我的人有所改观，我爱听祁又一说得很直白的一句话："凯凯，你知道吗？我当初特别看不上你，觉得你就是一个混子，但后来觉得你这人挺好的，才把你当哥们儿看待的。"值得骄傲的是，我从2003年开始，很少写快男超女的文章，这一点连我自己都觉得不可思议。每次别人来找我，我都毫不客气地拒绝了，现在想想确实有些过分，不过，作为一个乐评人，如果没有一个观点的话你写的东西如何会被别人记住。王小峰曾经写过一篇《如何做一个乐评人》，对我影响特别大，我读了好多遍，并试着一一验证，发现文中大多数观点是正确的，感谢王小峰为中国评论界做出的卓越贡献。

我们那会儿经常去上海看演唱会，最值得炫耀的是去看滚石乐队，林肯公园乐队。一帮人坐了16个小时火车。列车上很无聊，大家就斗地主打发时间，尹亮在火车上完成了一个巨出色的策划，那时候他供职的单位是《音乐周刊》，每个媒体人收入都不高，但有着对音乐的憧憬。

演唱会期间，我记得最清楚的一件事情是，我们去看林肯公园乐队，台下全是熟人，由于雷振剑第二天要去开会，在听了三首歌之后，不情愿地离开。他发给我们的短信特别伤感，大意是：哥们儿坐了16个小时的火车来到虹口体育场，只听了3首歌就无奈离开了上海。还有一些类似这样的牢骚话，特别可爱。

在滚石乐队的新闻发布会上，来自国内的众多音乐评论家齐聚一堂，在体育场外签到的时候，大家情绪有些低落，互诉主办方的种种不是，羡慕国外媒体的种种优待。我想如果是在北京看其他歌手的演唱会时出现这种现象，大家也许早就回家去了，可惜这么老远跑过来，究竟为了什么？！

在上海的几天里，大家都很团结，这一点我很高兴。每个人的表现都超好，无论是钱柜K歌还是酒吧喝酒，像一家人中的兄弟姐妹，无比亲切。过了许久之后，这段经历依然无法从我的生活中抹去。

那时候在一起玩得真好，去泡各种音乐节，一起写稿子，喝大酒，尤其是当叶京《与青春有关的日子》热播时去郭小寒家聚餐，一起喝大酒，那些日子现在回想起来非常不可思议。我记得有一次在13酒吧，郭小寒的诗歌会上，大家一起演唱主题歌《往事只能回味》，结束后，和祁又一、孙孟晋、张帆等人一起在新疆饭馆喝大酒的情景，满满的都是默契，满满的都是回忆。

后来，我去给一家电视节目做嘉宾，偶然遇到了张烨，他在那家做领导，和他吃饭时，他询问了我目前的状况，问我下一步怎么安排。我那会儿对未来真的没有一个合适的定位，确实依然有些迷茫，面试了几家都不是很理想。对我的情况有所了解之后，张烨便推荐我去搜狐娱乐。

人生的每一步都可能遇见贵人，但，首先，你要对得起曾经遇见的每一个人。感谢张烨。此外，还要感谢马可，她当时在筹建搜狐艺人管理部，正好需要人手，再加上张烨的推荐，因此，我就顺利地进入了搜狐娱乐。

愿少年，乘风破浪

　　有的时候，感觉自己像只小小鸟，扑腾半天，却怎么样也飞不了……

　　赵传歌里的小小鸟至少能飞，只是飞不高，而曾经的我们，只是扑腾着翅膀，干着急，却完全飞不了。

　　而人生又风高浪大，艰辛种种。退一步并不是海阔天空，而是一无所有。所以，少年啊，请你如海燕一样，请你搏击风雨，乘风破浪。

　　与大鹏共处的那段岁月，让我对此深有感受。

　　去搜狐娱乐之前，我还去了郊区培训。以前总在电视里看到一些野外训练，诸如爬竿、断桥之类的节目，觉得挺简单的，也没什么技术含量，但当自己身临其境时，才发觉一切并非想象得那么简单。

我一直觉得自己很勇敢，拒不承认自己有"恐高症"，但"很可惜我也有脆弱的一面，我喝酒也晕、挨打也疼"。在过"断桥"时，站在10米高空迈出那一步时，我很紧张，据伙伴们讲，我当时脸色很难看。说句实话，我当时很害怕，甚至产生退却的想法，但我还是战战兢兢地完成了任务，然后再看着那些女同学一个个面带笑容华丽地转身，我有些汗颜。

每个人都有坚强和脆弱的一面，就像前一段时间参加运动会，1500米长跑总共35个人，我跑了第27名一样，我努力地做好每一件事情，无奈事与愿违，纵然超越了自己的最高界限，但与大家对你的期望值还相差甚远。这两天的课程给我印象最深的是一位王老师，课讲得很有哲理，思路也很清晰，至少给我未来的生活、工作带来极大的帮助，令我受益匪浅。

搜狐娱乐有很多以前合作过的朋友，所以，我来到搜狐之后还算是比较适应的。大鹏就是以前认识的，我在帮其他歌手做宣传的时候找过他。这哥们儿挺神奇的，在他家附近吃完饭后，直接邀请我去他家听他弹琴唱歌，并和我讲他的一些经历。据说，还签约过唱片公司，结果被骗了好几万块钱，尤为可贵的是，即便如此依然没有对音乐死心，依然希望自己能够在演艺方面做出点成绩来。

2004年王杰去搜狐做访谈，也是大鹏主持的，那会儿的主播间可不像现在这么高端，里面只能放一台电子琴，偶尔给点音乐，大鹏的名字也不能被提起，多以"主持人"的代号出现。当时搜狐娱乐还在长安大戏院楼上办公，所以，我们兄弟之间还是有很多缘分存在的，当我做他经纪人的时候，他还是很开心的。

大鹏当时在演一个话剧叫《我要成名》，是李伯男导演的作品，主演是大鹏、于莎莎、谢楠，在首都人艺小剧场演出，地方不大，每晚上座率还算不错。而我每天则会邀请一些明星和媒体朋友来观看，第二天顺便帮他们写一些新闻稿在各个媒体发布，完全按照艺人的标准来推广。

当时，也遇到很多麻烦事情，比如说大鹏、于莎莎是搜狐娱乐的主播，新闻稿在其他门户网站发布几乎是不可能的一年事情，而我当时选择的方法是新闻在中国新闻网、人民网、新华网这些有影响力的国家级媒体刊发，之后他们会自动转发到新浪、腾讯、网易等这些竞争对手的娱乐页面上，连续几次试水之后，效果颇佳。当时许多人问我这个秘密我都没说，现在我只能坦言相告了。

另外一个方面是与电台的合作，邀请剧组成员到北京各个电台做直播，87.6兆赫朱红的《北京文艺广播》节目，101.8兆赫颜涛的《都市之声》节目都上过直播。之后，就是一些报纸的专访，由于不是大明星，所以，专访其实还是很有难度的，但我还是采取了资源置换的方式来谈判，如你专访大鹏和于莎莎，我们会在搜狐娱乐重点推荐这篇稿件，或者你们有重要的稿件我也能帮着推荐等保障。就这样多管齐下，大力宣传，通路也就变得顺畅起来。

当时，我们跟许多话剧都有深度合作。与尹韬导演合作了《天作之合》，这部戏其实难度很大，里面有大段的台词演绎起来很难，那是对大鹏的真正考验。每天在排练场我们都是最勤奋的，我为了让大鹏更好地与其他艺人融洽，除了小恩小惠之外，更多的是帮大鹏做宣传的时候也会带上他们的名字，这一点很奏效，他们的热情积极性也调动起来了，和大鹏的合作也很默契。有了《我要成名》的青涩演出，这一次大鹏应该说拼了全力，尹韬导演对他也是赞赏有加。

这部话剧当时在小剧场常常爆满，尹韬是央视的编导，所以许多主持人都来观看他的戏，如白岩松、刘建宏、和晶、阿丘等。每次演出结束，我都去采访一下他们，最重要的是介绍大鹏跟他们认识，合影之后第二天发新闻。起初，大鹏不是很乐意，但当几次有效宣传之后，就听从我的安排了。正是有了在小剧场的磨炼和积累起来的信心，后来，《天作之后》也登陆了解放军大剧院，大鹏在这个舞台上开始崭露头角。

我和高亮熟悉之后，有了接触其他电影制作公司的机会。那会儿我和高恬关系不错，她的同学在筹拍一部电影，制片人之一也是我们球队的哥们儿，于是，就有了面试的机会。面试在北影厂一个小招待所里进行，导演阿猛是广东人，说起话来听得不是很清楚，大鹏进门之后，简单做了几句沟通，就开始了表演。表演完之后，大鹏有些沮丧，他直接回家了。我则和制片人、导演一起吃了晚饭。

制片人喝得比较高兴，说："凯凯，我知道你这个人不错，你看这样吧，我把这几杯酒都倒上，你每喝一杯我就让大鹏的角色往前进一步，你看如何？"我二话没说端起酒杯，接连喝了6杯，到最后一杯时，制片人双手捂住，说："对不住，男一有人了。"我一听他这么说，也是摇头无可奈何。

最终，我们还是去青岛拍戏去了。这部戏的名字叫《完美新娘》，大鹏得到的角色是男二号，和郭柯宇搭档。大鹏的戏份不多，但因为是电影所以还是很用心的。我那会儿除了每天在现场照顾他之外，还要拍摄图片，撰写新闻稿。晚上，我则买一些水果、奶等东西给化妆造型房间里的姑娘们送去，希望她们能把大鹏的妆化得好一些。之后，我的工作就是陪导演和制片人喝大酒。

怎么样，看我这样有点"皇上不急太监急"是吧，但是，咱对待工作就是这么认真。你给艺人做经纪人，就得把自己家艺人捧出来，这才叫敬业，这才叫对得起自己的工资。经纪人跟艺人是一荣俱荣一损俱损的，努力就有回报，诚不我欺。

我们的拍摄很顺利，通过我的一些努力，大鹏加了许多戏份，再加上我的宣传，大家都认为是大鹏和郭柯宇主演，而忽略了男一号的存在。说实话，我不知道当时这么做对不对，但各为其主，也管不了太多了。后来大鹏出版了《在搞笑的日子里笑出声来》亦有对我俩友情的描写，有些情节他比我记得还清楚。

这部影片上映后，票房还算不错，居然收回了成本，还小有盈余。这是大鹏人生中的最重要的作品之一，当然，后来他自己导演的《煎饼侠》应该算是他真正意义上最重要的电影，没有之一。这部电影结束之后，我们又去山东卫视录制综艺节目《不亦乐乎》，每个月去济南四到五天。那会儿高铁都已经很方便了，大鹏每次都会在车上拿着台本做功课，这个习惯真的很好。和我们搭档的主持人是大冰、买红妹，以及台湾人董至成（《流星花园》杉菜爸，《放羊的星星》光明舅舅），起初的录制还算顺利，但面对这些高手，大鹏的表现就逊了许多，刚开始的两场几乎没有任何发挥。

结束之后，大冰带我们去吃当地最好的烧烤，那天我们喝了好多酒。我只喝酒不说话，最后，董哥忍不住了说："凯凯，你有什么不高兴的说出来呀！都是哥们儿！"我说："咱们都是出来打工的，今晚大鹏录了两期节目了，总共说了不到10句话。你们都是前辈，这么玩就不好玩了，我和大鹏明天就离开济南，这节目不录也罢。"大鹏听我这么说，也说："你有点蒙。"我在桌子底下踩了他一脚，他就知道怎么回事儿了。董哥和买红妹他们连连致歉。当晚，我们喝到天亮。

第二天录制得相当顺利，董哥、大冰、买红妹，包括后来的柳岩，都主动给大鹏机会，现在提起这些事情有些滑稽，但当时的情形确实是那样的。山东卫视的房领导和王丽娟对我们都不错，无论从生活上还是起居上都关怀备至，尤其是大冰经常请我们去酒吧喝酒。大冰在当地很红，自从杨樾去了北京之后，这里真的成了他的天下，人气爆棚。大冰后来出版了自己的两本书，成为了炙手可热的畅销书作家。

　　其实，大鹏当时录节目很拼的，为了这个得来不易的机会，他每天都会熟读台本，尽可能地把自己要说的台词一字不错地说出来。由于是新人，所以付出自然要比别人多很多。我记的当时有许多危险动作，买红妹他们都吓傻了，大鹏依然挺身而出。如绑在轮盘上一哥们儿扔菜刀，还蒙上眼睛，菜刀冲着大鹏的头就飞了过去，我当时心都到嗓子眼了，太紧张了！还有一哥们儿点穴，点了大鹏之后，大鹏面色发白，那哥们儿一紧张解了许久才解开。其他诸如蟒蛇啥的绕在脖子上，这些就真的不算什么了。柳岩后来也是搁这儿跟大鹏说的，希望他能够做别人做不到的事情，那才能在那么多主持人中杀出一条血路。还好，大鹏没有让大家失望。

　　后来，我和大鹏去了一趟哈尔滨，拍摄了电影《倔强的萝卜》，和黄渤对戏。哈尔滨好冷呀，我们到那里都被冻傻了。大鹏在里面饰演一个江湖术士，坐在轮椅上那种，就那个冰面上飘下来许多人民币，他扔掉轮椅冲过去抢钱的情景拍了好几遍才过关。当晚，是大鹏的生日，我们俩人在一家东北菜馆吃饭，点了4个菜，其中有一个是杀猪菜，端上了我俩就傻了，这哪吃得了。我俩那天推杯换盏喝了不少啤酒，据大鹏说，我当时是这么说的："大鹏，生日快乐，明天让黄渤陪你庆生，这个生日才有意义。"这段话我都不记得了，大鹏则认为我当时确实是那么说的。

跟大鹏一起做事的时候，对我的考验其实更多，压力更大。明星经纪人，这个头衔说起来好听，其实就是全职保姆加全职助理，前前后后所有的事情你都要考虑到，所有需要交往的人都要小心翼翼地应对，一句话说错，一件事做错，都可能让你和你的艺人坠落深渊。这是一个非常琐碎、非常麻烦，看似风光其实无比艰难的工作，需要多少智商我不知道，但必须要有非常高的情商。幸亏当年摆地摊，开唱片店，组织演唱会，做企宣等工作把我各个方面的能力都锻炼了一番，不然，这活儿我还真难扛下来。

大鹏这名字其实很有意思。"大鹏一日同风起，扶摇直上九万里"，多有气势，多么志向远大。但当时，其实我们都是小得不能再小的小小鸟。别说扶摇直上了，就是每天能扇扇翅膀多扑腾几下就够高兴很久了。最后大鹏能飞出自己的一片天空，真离不开他自己的努力，而我也能稍微算是做出一点成就，我也可以问心无愧地说对得起自己的付出。

也许不是每个人都是大鹏，都能扶摇直上。但是，我希望每个人都能不忘扑腾，都能有哪怕微小的愿望，哪怕为了只有离地一厘米的飞翔，不断努力，精进自我。

愿梦想常在，愿美好常在，愿我们努力进步的心常在。

想得多一点，就会做得好一点

有时候，我会反思自己这么多年的经历，到底是什么特质，让一个起点很低的我，做出了一点小成就呢？

肯吃苦，肯学习，这两点是必须的——当然，我上学的时候没好好学习，后来因此吃了大亏，于是不得不想方设法学习，但是还是错过了学习的黄金时间。除了那两点之外，我觉得，尤为重要的一点是，我喜欢思考，喜欢动脑筋，喜欢胡思乱想。有时候这一点看起来像上不了台面的小聪明，小机灵，但是，很多事情就靠着这点小聪明就能成功。想得多了，小聪明成功的次数多了，也许会变成大智慧呢，您说是不是。

在搜狐娱乐工作的时间里，我还是比较愉快的，虽然收入不是很高，但还是能够应付我的家庭开支。每天早上8点钟无论刮风下雨都会在鼓楼桥上等班车，偶尔会堵车，我就和几个同事在那里聊天。我有时候晚上会出去应酬到很晚，所以在车上补觉是最好的休息方式。经过一个半小时的车程，才会赶到位于清华大学东门的公司。我当时特别希望堵车，因为只有那样才会踏踏实实睡一会儿。

其实我这个人比较简单，不适应尔虞我诈的职场，但一点我还是比较聪明的，就是会处人际关系，除了娱乐频道之外，时尚、游戏、汽车、体育各个频道的兄弟姐妹们都和我建立了深厚的友谊。那时候，搜狐拥有自己的足球队，而我有幸参与其中，并代表搜狐打了几次网络杯足球赛，成绩负多胜少，不过想想自己那么大年龄了，还能在场上飞奔，应该算是一件值得骄傲的事情了。

我代表搜狐娱乐踢过一年搜超联赛，在一次训练中左脚受伤，比赛时我还没好，带伤出战联赛，无奈搜狐娱乐实力不济，4场比赛全负。我们当时的一个哥们儿特别神奇，主动站出来当守门员。第一次我们和搜狐体育踢，被对方踢了14:1，我靠，所有人都疯了，但都觉得是对方实力强，没啥别的原因。结果第二场被踢了8:2，几乎是只要射门就能进球，大家这才慌了神，那哥们儿才被娱乐一个干过守门员的同事替换下场，然后我们的成绩才开始好了起来。最值得一提的是，对阵汽车队，我24米外一脚吊射直挂球门右上角，攻入扳平一球，那是我为搜狐娱乐贡献的第一个进球。

搜狐的艺人管理整体在互联网行业中处于领先地位，对于那些做主持的艺人，除了要安排好来搜狐做客的明星之外，还会带他们去主持一些外面的新闻发布会，也帮他们赚钱。当然，艺人赚钱和公司是有比例分成的，而我为他们赚钱也天经地义。那时候许多唱片公司喜欢用电台和电视的主持人，他们觉得网络主持人水平一般，再加上你用搜狐的主持人，会影响到其公司在新浪等其他平台的宣传力度，很可能由于用了搜狐的主持人该新闻就可能上不了其他媒体平台，所以，一般情况下网络主持人想要发展还是有难度的。这真的是非常无奈的一件事情，我们只能尽可能地安排他们多主持一些节目，尽量让他们练练手，顺便先混个脸熟吧。

后来，我帮大鹏安排了一个央视7套的农业节目，虽然不是很合适，但登陆央视还是一个好兆头，这个节目也会请一些明星嘉宾，收视率虽不是很高，但还是给了大鹏一个锻炼的机会。我们做人比较好，和编导们以及工作人员关系处得都很融洽，年底的时候，大鹏还帮这个节目做了盛典主持人，上层领导看了表示很满意。

那时候，互联网的自制剧还没有像今天这么百花齐放，《大鹏嘚吧嘚》这个节目已经已经录制了近千期，在业内拥有了良好的口碑，再加上搜狐娱乐领导的力推，这个节目收视率节节攀升，而在节目的最后，大鹏总会改编一首歌自己演绎一下，过过歌手的瘾。我和大鹏合作很默契，我总能从他的节目中找出一些新闻，整理之后写成新闻稿发布。当时，大鹏还有个粉丝团，叫"脸盆帮"，都是一帮大脸组成的。可以说，这个节目是《屌丝男士》最优质的土壤，正是有了这个节目中的演绎和素材，才让大鹏在后来扬名立万。

这个节目里大鹏经常和陈晓敏还有其他工作人员设计一些桥段，经过无数次的洗礼，他最终凭借《屌丝男士》红遍全国，成为互联网主播中数一数二的网络红人，更是登陆了各大杂志的封面。遥想当年我们想要一个采访都难于上青天，现在大鹏终于实现了自己的理想，成了大明星，不禁都有种畅快之感。

当时除了大鹏之外，最用心的还有黄锐和吴晴，他俩当时参演了高亮的话剧《天生一个电灯泡》。高亮是著名表演艺术家高明的公子，在表演上天赋很高，他在大家现在看到的一些大戏如《打狗棒》里面已有精彩表演，但那会儿他是一个出色的话剧导演。这部戏在海淀小剧场演出，别看这是一个小话剧，但里面的演员功底还是很深的，有一个男孩我忘了叫什么名字，他后来一直和濮存昕在首都大剧场演出，实力不俗。这部戏很好看，高亮是一个很有想法的导演，再加上姐姐高恬超高的编剧水准，让这部话剧成为近两年为数不多的优质话剧。

黄锐后来又和尚雯婕搭档参演了黄盈的作品《两个人的法式晚餐》，讲的是一对夫妻来到法式餐厅体验顶级奢侈的法式晚餐，却由于用餐意见的不同产生了争执。黄盈是近几年内地最炙手可热的青年导演之一，他几乎不用提前准备什么台词，经常就是根据现场演员的特点进行现场编写，这份儿才华让我们佩服得五体投地。另外，他特别逗，总戴个大眼镜。每次我看到他，他都会背一个大包，里面放上许多煮好的纯净水，一杯杯喝，别人又不好意思喝他的水。

黄锐演戏也很努力，排这个戏的时候，他从来没有迟到过，一遍遍和其他演员对台词。我们这个戏质量还是挺高的。黄锐的湖南方言、尚雯婕的上海方言，陈西贝的四川方言，交替呼应，贯穿全场，让众多观众忍俊不禁，尤其是黄锐饰演的大黄蜂的童年时代更是出彩，这部戏为黄锐迎来了不少好的口碑。

那会儿，搜狐娱乐的员工都特幸福，只要有搜狐艺人参演的话剧，想看都能看上。所以，搜狐大楼的各个大门都贴有话剧的大海报，那时来搜狐的嘉宾都经常站在门口凝视半天，可能心里暗想，是不是走错门了，这还是不是一家互联网公司？

我在那几年做了许多的话剧策划，如《拿什么整死你我的亲人》，我记得较清楚的是，当时做了不少优秀的植入，如老公回到家，看到老婆在上网，大声说："你在干吗？天天守着你那块破菜地，有意思吗？"——这是给开心网做的植入。老婆："老公，你快上网查一下，孕妇吃什么好？"老公："我哪知道呀！"老婆："你上新浪育婴频道呀！"——这是和新浪的合作。后来，老婆生孩子，老公喊救护车，大声说："我们在海淀妇幼。"——这家医院给我们赞助了几万块钱。

最值得骄傲的是，每天出的新闻都是"这是一部怀孕妇女必看的一部话剧，孕妇可以免票观看"。一开始主办方不理解我的做法，结果一到现场就乐了，前排一个孕妇，身边一个老公、一个老人，双重保护，一个免票其他的两位都是买票来的。于是，那个话剧一段时间内在首都人艺小剧场场场爆满，以致于很多同事都叫我"娱乐营销专家"。——嗨，专家这称号我可不敢当，咱就是有点小聪明而已。

除了本职工作，我也接一些外面的宣传，还抽时间给新浪网和《音乐周刊》等一些杂志写专栏，收入还算不错，也逐渐地在圈子里有了名气。其实，我真的不是很爱混圈子，但有时候难免会有一些局你不去也不行，谁叫你终究是这个圈子里的人呢！一些重要的演出，大家还是会去看的，当然，演出结束后，大家小聚一下，小酌一杯才是真正的目的，那也是混圈子最重要的一个因素。

不过话说回来，圈子固然要混，但是混得好不好，终究还是要看你的能力。没有人愿意跟无能之辈交往，本质上，大家都是在互相利用而已。你能力越强，越有利用价值，越能帮别人解决难题，做好该做的事，大家之间的合作才会越多，联系才会越紧密。

不吹不黑地说，我自己还是有点能力的。学历上我没法跟别人比，但是我愿意动脑子，往往就因为这一点会让很多事取得意想不到的好效果——比如给孕妇免票，所以，综合来说我的能力还是不错的。

所以，我有时候想给年轻人一个建议，就是：不要总是盲目地、刻意地去讨好别人，建立过多的无意义的人际关系。多动动脑子，多提升自己的能力，才是你被人看重并能融入圈子的关键。

第三部分

少年,

你的前程似锦

凡有磨难，皆是试炼

人都有惰性，哪怕是最自律的人，都难免有犯懒的时候，所以，一个人到底有多少潜力，到底能发挥出什么样的真正的实力，不到最"危险"的时刻，是看不出来的。

一件突如其来临危受命的事，让我对自己有了更深刻的认识。

丰华秋实的李辉和董林两个大哥直接过来找我，电话里说事情很急，也不说啥事，就问我在哪儿要见我。见面之后，简单聊了一下，才得知他们目前做的"怒放"英雄摇滚演唱会距离演出开始还剩了不到25天的时间，目前，宣传了一个半月才卖了不到18万，面对近600万的投资，公司一下子陷入了困境。我当时没有当面应允，告诉他给我两天时间，我分析一下形式以后再告诉他们如何应对。

这场演出应该算是中国摇滚历史上最值得期待的一场演出，汇集了黑豹乐队、唐朝乐队、郑钧、汪峰、许巍、张楚、何勇、朴树、阿信、崔健等十几组艺人轮番上阵，可惜宣传团队以前是做电影宣传企划出身，对演唱会做得不是很多，做到现在感觉出了大问题，才找到我去救火。

现在已经是迫在眉睫了，再不好好策划一下，这场演出可真的要败了。根据目前的一些状况，我在极短的时间里和几个门户网站做了深度合作的沟通，另外，通过一些媒体好友拼命想办法上稿件。我当时给这场演唱会的定位是：这不是一场演唱会，这是对青春记忆的一次缅怀，这是一个空前绝后的世纪绝唱，前无古人后无来者。当时我这么说没有人相信，但我的理解确实是这样的。此后，在短短二十余天的时间里，这场演唱会得到了所有媒体和歌迷的广泛关注，并有97.4音乐台郑阳、央视101.8等电台的协助，而《新京报》居然推出了5个整版来介绍这场演唱会，《京华时报》、《北京晚报》也都相当给力。

此外，我还利用新媒体进行狂轰乱炸，在微博上更是话题不断。在这方面，首先得到了王菲、周迅、黄晓明、高圆圆、范冰冰、那英、徐静蕾、白岩松、郭德纲、于谦等的大力支持，还有就是参演艺人的全力配合，汪峰、郑钧、张楚、唐朝乐队丁武每天都穿梭在各个网站、电台直播间为这场演唱会造势。那时候，大家看到更多的是对青春的一次眷恋。

在新闻方面，每天新闻点不断，如《怒放摇滚演唱会，周迅力挺摇滚朴树》，《BEYOND主唱黄家驹身影重现工体》，《怒放摇滚演唱会超越红磡摇滚乐势力》，最后，才重磅推出了《崔健加盟怒放演唱会》，并设立VIP专区，还有《王菲将现场观看》等吸人眼球的新闻。

一波波强势新闻让所有网友目不暇接，很多人问我："凯凯，你们每天怎么会有那么多新闻呢？"我说："还多，十几组艺人，每人出三条新闻，再加上10篇乐评人的评论，你说我们要发多少新闻稿。"当时，这彻底把网站编辑给弄懵了，整天都是"怒放"。令人欣慰的是，我们用的写手都是业内数一数二的高手，所以，在稿件质量方面媒体挑不出来任何问题，他们都很乐意发。

这里说一个小花絮，我们在和一家门户网站的谈判过程中出现了问题，他们觉得我们是拼盘演出，败局已定，所以不愿意和我们合作。谈判破裂后，我回家后直接让宣传把这家网站封杀，一篇新闻都不给他们。最后的结果是，我们卖了4.8万张票，总票房突破1000万大关。当这家网站CEO去向娱乐频道要票时，所有人都傻了，买都买不来，最后给我打电话，我手里也没票呀！不过，最后碍于面子还是想办法给了他两张请柬。事后，该网站主编及相关负责人都受到了处罚。

说这些不是说我有多牛，只是说在这个行业中生存，谁都有用着谁的时候，你认为项目不好，那你告诉我什么项目好呢？不要用自己的眼光去看待未发生的事情，因为，任何事情都存在变数。媒体和主办方是恋爱关系，互有攻守。

我刚开始带艺人去做通告的时候，大家还存在排斥心理，但当我苦口婆心告诉他们这件事情将会给他们的事业带来无限好处的时候，他们就开始全力配合我了，这也是一种进步。必须要提出感谢的是，这件事在前期更是得到了央视主持人白岩松、李承鹏的支持，《三联生活周刊》王晓峰还撰写了一篇《摇滚乐的春天？》，更做了好几个整版来报道这次演出。其他媒体的报道如下：

《中关村》（杂志）：《摇滚的生命》：追寻自由——写在<怒放>之前（张颐武）

新京报："怒放"的摇滚英雄"超越这一天"

南方都市报：崔健、郑钧、汪峰、许巍等13位摇滚英雄前夜北京怒放

人民日报海外版：摇滚待"怒放"

当晚，演唱会顺利开始，许多人挥舞着双手一起回忆青春，泪洒工体。第二天，所有媒体都用大版面报道了这场演出，包括《新京报》、《南方周末》等等媒体：

南方周末：一定要让四万多观众坐上末班车回家

京华时报：众大腕怒放工人体育场 数万观众回忆摇滚20年

北京青年报：怒放摇滚英雄演唱会 打造九十年代音乐梦境

更有趣的是第二天CCTV1新闻联播报道了这场演唱会的盛况。

据悉，这是中国的摇滚乐首次登陆央视新闻频道，这或许才是最值得肯定的一件事情。在这里我还是要郑重声明一下，怒放摇滚演唱会的成功是所有工作人员共同努力的结果，如范冰冰工作室的刘思维，代青，还有赵明义、王兵等等大佬都付出了辛苦的劳动，

才获得了这样的佳绩，而我只是做了媒体策划的操盘手而已，团队的力量永远是最伟大的。

"怒放"创造了中国摇滚演出史的奇迹。演出结束后，一些居心叵测的人在网上散布谣言，恶意中伤本场演出，先后传出崔健"被抄琴"、"被请所里喝茶"以及歌手"被集体验尿"的报道。

对此，我和演唱会主办方的负责人之一、黑豹乐队经纪人赵明义向媒体做了澄清。那些见不得摇滚乐有一丁点好的人，真的太可怕了，多年以后，一好友介绍我认识那个造谣的人，被我严词拒绝。

"怒放摇滚英雄会"在宣传方面的重力投入可以证明摇滚乐的商业化进程。我们与传统媒体的合作自不用多说，同时对新媒体的合理运用，在宣传上的另一处精明在于保持新闻看点，比如一直以来对崔健加盟的悬而未决，还有演出曲目的保密，这些也许是如报道所言真是未能决定，但更多的像是故意制造出的悬念。信息过量的E时代，要想从众多信息中脱颖而出，是需要动用必要手段的，"炒作"和"造势"不是下三滥，而是必杀技。这是某位资深媒体人对我们这场演出的评价。

这件事情的成功，多少有点"置之死地而后生"的意思。很短的时间，需要做出很大的动静，然后取得很好的效果，说实话，我也没想到最后会那么成功。怎么说呢，有时候人就是被逼到那个份儿上了，没有退路了，你就得背水一战，破釜沉舟，那时候，什么潜力都给你激发出来了，什么能力你都必须施展出来了。这样一来，事情反而会有意想不到的成功。

我特别感谢这次机会，不仅仅在于这件事本身在摇滚史上的意义，还在于它让我更进一步认知了自己，让我了解到，我依然还有可以进步的空间。

越努力，越幸运。诚不我欺。

最重要的是对得起别人，也对得起自己

在外闯荡了这么多年，也算小有所成。很多人都觉得我会做人，会来事，好像我是一个很油滑很世故的人。

可我觉得吧，说一千道一万，再怎么会来事，最终还是要回到会做事。跟任何人交往也好，交易也好，得把该做的事做利落了。让花钱的人觉得物有所值，让花人情的人觉得你够意思，这才是让你得到"人缘"或"人脉"的资本。

真本事，不忽悠。靠本事，吃得开，这才是对得起别人，也对得起自己。

你无法靠忽悠顺利一辈子，你越有本事，别人反而越不愿意忽

悠你，因为考虑到失去你的信任和好感，很多事如果不好办了，那就得不偿失了。

有句话叫"大家好才是真的好"，其实是很有道理的。我就是秉持着这个信念，做什么事都全力以赴无愧于人也无愧于己，才慢慢混出了一点成绩。

在北京待了十几年，一直都居住在德胜门附近，住得久了还真就有了感情，周边的居民都很面熟，还有各种设施也都了如指掌。刚开始的时候看中的是这里交通便利，去哪儿都比较方便，尤其是晚上聚会看演出，不必担心时间，这一点我至今都认为是一个非常英明的决定。

我一哥们儿武鹏那会儿住在通州，偶尔找我写写稿子。我曾经跟他说过，希望他能够搬到市里来住，无论从工作上还是生活方面都是最佳选择。后来，他真的搬到后海附近居住了，事业还真的有了质的飞跃，成了凤凰网娱乐频道的主编。这一点我估计他真的要感谢我。

小郭同学的一帮同学的父母也多在这里居住。平时，我跟他们在一起相聚的时间还算比较多。小郭小学的时候每天放学之后都会陪着他上钢琴课，德外文化宫的那个老师水平还算不错，但我总觉得她授课的指法有问题。果不其然，后来找我报社同事欧阳晶洁给找了中央音乐学院的老师教了一段时间后，就发现了这个问题。

对于小郭的钢琴我还是挺用心的，有时候我俩也吵架，他最刺激我的就是说我把自己未完成的理想，放在他身上，让他替我完成是一个最自私的行为。而我则不这样认为，我觉得作为男孩子一定要有一技之长，体育你可以打棒球或者踢足球都行，而音乐能够让你更加聪明，静下心来面对生活。再说得直白点，你会弹个钢琴或者吉他，以后，在大学里泡个妞儿啥的也方便呀！老爸不就吃了这个亏！你总不能重蹈覆辙吧！我们是已经错过了吉他一响，姑娘全扑的那个年代了。

那个老师偶尔来家里教课，后来由于较忙，我们就去音乐学院琴房里上课，每节课200元，每天乘坐公车去健翔桥上课，上完课再回来。一周一次，比较辛苦。那会儿老师换得比较频繁，最远的是坐44路去劲松桥上课，来回奔波3个多小时。我周末的时间那会儿都花在这上面了。还好，小郭同学还算努力，在威逼利诱下没有放弃，含着眼泪度过了那几年时光，但我相信他长大以后会感激我的。

"怒放摇滚演唱会"之后，我们的生意还算不错，在后海夹道待了一个多月的时间，就在鼓楼脚下开了一家以王菲为主题的酒吧"菲比寻常"酒吧。其实，那会儿的想法很简单，就是想白天给员工提供办公场所，晚上开酒吧盈利，一举两得。这个想法其实蛮好的，这样的酒吧在北京也是独一份儿，美中不足的是一楼地方较小，只能放下几张桌子。虽然楼顶有一个装修好的大露台，但还是不甚理想。

酒吧门前有一颗很大的杨树，每到盛夏就像一把大的遮阳伞将酒吧紧紧拥抱住，顾客可以在门口小坐，看着钟鼓楼的尘烟，感受着北京城胡同的风采。门口的三轮车较多，主要是拉一些外地的游客逛胡同，每每有老外过来，一帮妇女都会冲上去售卖各种旅游产品。我当时不知道哪根筋出问题，不过，我们还是租了下来。

菲比寻常酒吧的生意总体还算可以，饮料都按照王菲的歌名来命名还是比较有新意的，有一个小舞台，晚上小杜过来唱唱歌，呼朋唤友，日子过得还算惬意。不过，我当时忽略了一个问题，就是没有暖气，虽然有两个空调勉强起点作用，但还是有问题，姑娘们经常冻得瑟瑟发抖。

那是音乐圈里的一个最重要的聚会场所，许多朋友过生日啥的都在那里。白天怕影响员工工作，基本上不对外营业；晚上有烤串、啤酒，还有我老家葡萄地自酿的酒，都是店里的特色。但做酒吧唯一不爽的是晚上要应酬，来的都是熟客，基本上都是冲着你来的，你不在的话即使打过电话也很尴尬，还要熬夜，第二天上午基本上算是报废了。所以，那会儿比较难受。

我偶尔也会下厨给朋友们做做饭，我做的炸酱面堪称一绝，许多明星都品尝过，还会做洛阳小碗汤供朋友品尝。后来，由于拆迁，酒吧便不复存在了，但那段岁月现在想想还是蛮有意义的，至少，每次走过那里还能依稀领略它当年的繁荣，这就够了！

"怒放摇滚演唱会"为我们在业内博得了不错的口碑，于是再接再厉，紧接着又做了"光辉岁月北京演唱会"。这个演唱会应该算是我操刀做的难度最大的一个演唱会，唐朝乐队缺少刘义军，黑豹乐队主唱是大棚，BEYOND乐队是黄家强。由于这个是王兵哥和赵明义的项目，我当仁不让要出力，当时赵明义知道我开酒吧，还送了我一套电子鼓，真够哥们儿。

我们的发布会在壹空间举行，当晚，算是众星云集，汪峰、于谦等业内大佬都亲自为这场演唱会造势。我们还在新浪做了直播，有了好的开头。那时候各种营销的招数都用上了，包括吉他中国专门制作的"光辉岁月"签名吉他，买票抽奖啥的，杨樾那时候和我打配合，我俩合作得很默契，许多新鲜的点子也是他想出来的。

这场演唱会后，我们还套拍了一个电影叫《岁月无声》，一个不错的摇滚电影，在演唱会上取了不少景。王兵在业内的人脉非常广，而且为人比较仗义。我第一次认识他的时候是在北展剧场，当时他是女子十二乐坊的经纪人，我去采访王晓京的时候，就是去北展找他拿的票，后来，我们就成了哥们儿。

后来，很多人都会问我当初为什么会把一些看似不可能成功的演出做到盈利，其实，这里面是有秘诀的。做一场演出首先要把所有能利用的新闻都找出来，逐一罗列，之后有层次、有节奏地利用每一个媒体扩散，告诉他你为何要掏钱来观看这场演出，这场演出有何精彩亮点值得你看，把这两点搞定，应该就可以了。做任何事情不是应付作业，也是用心把它做到最好，那样对得起投资人，也对得起自己。

努力过后，回家真好

在人生中，我们要经历无数的事，必然要有成功和失败，我很喜欢鲁迅先生的一句名言："我每看运动会时，常常这样想：优胜者固然可敬，但那虽然落后而仍非跑至终点的竞技者，和见了这样的竞技者而肃然不笑的看客，乃正是中国将来之脊梁。"这句话让我时时保持警醒，也让我能客观地看待败者。但是，做我们这一行的，胜者为王，败者为亡，没有虽败犹荣，客户交给你的任务，只能成功，不能失败，否则，可能赔得你倾家荡产都赔不起。

丰华的王吉荣约我喝了一个下午茶，同桌的还有高荣岗，一个做演唱会的哥们儿。原来他们和香港一个公司联合要做谭咏麟的北

125

京演唱会，找了许久，没有找到合适的操盘手，这时候吉荣介绍我跟他们认识。当天聊得挺好，接着我们就去南宁看了一下校长的演唱会。

和校长（谭咏麟并不是哪个学校的校长，他之所以被叫作谭校长，是自从84年开始每逢开演唱会即连开数十场，整个月每天晚上都是如此，于是谭咏麟在86年20场万众狂欢演唱会的某一场上亲口对全场歌迷说："整个红馆就像一所万人大学校，你们每天都要来上夜校，而我每天晚上都要和你们在一起，用歌教大家一些做人的道理，我觉得自己就像这所学校的校长啊！"，于是，第二天，校长的称号就风靡至今了！）公司的谈判比较顺利，但唯一不爽的是他们一直在强调校长如何好，如何好，只要告诉大家谭咏麟要在某日于北京开演唱会即可，这不是扯淡吗？我心想：谭校长好是好，但你们推广得可不见得好，不然怎么一直打不开北京市场呢。我们谈论了许久，把我的宣传策划思路毫无保留地发给了他们。这一点一定要重申，因为有许多不良公司，在套取策划方案之后，都不愿支付费用，而是选择自己去做，这些演出商最后几乎都死得很惨，可是后来者依旧无所畏惧，重蹈覆辙。

我倒真不在乎企划方案给他们，若只有一个方案，他们是无法落实到具体操作上去的。最后，对方还跟我侃价，我没搭理他，让他们仔细想想再做答复。那会儿连我都觉得自己很嚣张，许多演唱会主办方都不敢请我，曲高和寡呀！不过哥们儿当时确实有点张狂，少赚了许多钱。当时，只做自己喜欢的演出，不喜欢的给多少钱都不伺候。

当晚，校长在南宁的演唱会大获成功，体育场虽破旧不堪，但依然座无虚席。前几天王菲和许巍都刚刚去过，不过，他们都选择了在体育馆里做，或许是对音响的要求比较高的缘故吧！

主办方在权衡利弊之后，最后还是和我们签约，由我操刀完成校长的北京演唱会。说实话，在那个年代，粤语歌曲在北京还真不灵。演出最后的日期定在了12月10日，而在9月份我就开始了自己的前期筹备工作，我针对谭咏麟的特点、曲风、乐坛地位等因素，做出一套极为完整的策划方案。

校长的歌大部分以粤语为主，受众群体多分布在南方城市，所以在前期我们花了很多时间，给蒋明和游威他们打了电话，联合广州的媒体做一个史无前例的拯救粤语文化的行动。当然，这样做的真正目的是拯救粤语歌曲，因为它是文化中躲避不过去的一个重要元素。我邀请了许多在业内赫赫有名的乐评人撰写拯救粤语歌曲的评论，尤其是广东的媒体更是大肆宣扬，这个行动那时间在业内沸沸扬扬，一派欣欣向荣的景象。

在大家罗列的文章中，多次提到粤语歌曲的代表人物，如张国荣、梅艳芳、罗文、黄霑、许冠杰、黄家驹、陈百强等大咖，"粤语歌渐成没落贵族，'国语'歌重蹈覆辙""粤语歌，一种被保护和爱戴的文化"等等言论现身各大媒体版面。

最后大家突然发现，在粤语歌曲的历史舞台上，只剩下谭咏麟，纵横乐坛四十年，硕果仅存，这时我才告知大家谭咏麟将有可能在北京举办自己的演唱会，绕了多大一个弯呀，但这一定是超值的！这样做一下子提升了关注粤语歌的歌迷对于谭咏麟演唱会的期待值。

有了前期的预热，就可以直奔主题。我一再强调这次演唱会是继1993年之后谭咏麟再次唱响北京，18年的时间跨度足以勾起许多歌迷的观赏欲望。我又找来了北京京剧院的表演艺术家储兰兰，和她的团队重新编排了京剧版《水中花》，在发布会上艺惊四座。大家可能不知道当年徐静蕾上中学时，在北京工体馆观看了校长的演唱会。我一得到这个消息，马上去徐静蕾工作室联系了老徐，还好，她挺给面儿，录制了VCR表示支持，以歌迷身份祝福谭咏麟。

另外，我也找到了郭德纲的经纪人海哥（王海），邀请郭德纲和于谦录制VCR表示支持。这些重要因素都决定了第二天北京报刊杂志以及网络媒体的版面大小。

在我心里，知道歌迷想要什么，知道我们想达到什么效果——你可以不来看，但是事实会告诉你，你一定后悔。想要从歌迷口袋里掏钱并非易事，如果没有整套合理的规划，真的没戏。

这里我最应该感谢的还是校长，在11月初那几天的日子里，不辞辛劳地跟我在北京跑各种通告。都62岁的人了，他每天都是深夜睡觉，第二天早上9点在酒店等我，连我这样的年轻人都自叹不如，他却跟没事人似的。那天录制完光线传媒的节目之后，我对自己说，以后我再也不敢说自己很累了，绝对要加紧时间努力工作。

《国足兵败之后，谭咏麟鼓励重头再来》，《演唱会秘密武器日本太鼓现身首体》，《陈奕迅被邀成嘉宾》，一波波新闻冲击着大众眼球。最后，最值得推敲的当属《谭咏麟和王菲隔空对唱，世纪绝唱恐永难复制》这条新闻了，因为我知道同天王菲将在成都举行自己的演唱会，我们利用现代科技手段让他们的身影会聚到对方舞台上并非难事，王菲给校长做嘉宾也不跌份儿，反之，校长去给王菲助阵也同级别呀。但这个大胆的决策遭到校长的反对，甚至在微博上说我话讲得多了，当然，这是新闻出来之后的事情了。

后来，由于技术原因，这个异想天开的创意没有成功，反而得到了大家的非议，很多人问我，怎么没有隔空对唱？我说："同一个地球，同一片天空，王菲在成都，校长在北京，隔着空气歌唱，不是隔空对唱是什么？"当然这是诡辩，但演唱会的成功足以让歌迷忘掉一切。

这个新闻爆出的当天，校长的演唱会卖了近47万元人民币，票房上获得空前成功，而王菲成都的演唱会也是一票难求，双赢的局面大家都不发声了。后来，我在我微博上还制造了一些话题，如拿两张VIP签名入场券在网上拍卖，所得款项赞助给免费午餐行动组委会；寻找1993年冲上工体馆舞台与校长合唱的那个歌迷；最有冲击力的是邀请知名动画制作人拾荒为其制作《爱在深秋》动画版：这些都在网上收到了好得超乎想象的效果。

12月10日，谭咏麟在北京首都体育馆正式开唱，上座率100%。开唱前一周，所有的票卖得干干净净。最终整场演唱会总票房780万左右。庆功宴上，校长拉着我的手，挑着大拇指说："凯凯，你很厉害！"这应该算是对我的最佳褒奖吧！

校长在北京的演唱会成功之后，全国各地演唱会卖得都非常好，但唯一遗憾的是，校长觉得没有一场可以跟北京演唱会相媲美。当然，北京来的歌迷都是自己掏腰包来观看的真正歌迷，外地的多是赠票，你说能一样吗？

要做一场成功的演唱会，首先歌曲要被人所熟知，其次受众群体一定要很清晰。这是哥们儿多年来总结出来的经验。

校长是我喜欢的歌手，能与他合作三生有幸。在他的众多作品中，我最喜欢的歌曲有《水中花》、《像我这样的朋友》，听得最多的是《夜未央》、《捕风的汉子》，电视剧《笑傲江湖》和某位女同学一起看过多遍，主题曲《活得潇洒》更是百听不厌。"抛开争斗挽起衣袖，不牵不挂是最自由，潇潇洒洒的走不问以后"，被令狐冲和任盈盈的侠骨柔情感动到潸然泪下。

我和那位女同学早已失去联系多年，如果今生能够见到她的话，我会这样对她说："对不起！这么多年我依然没有学会唱谭咏麟的歌，但很有幸参与了校长的北京演唱会，在那个夜晚聆听了其最灿烂的多首歌曲，如果说到遗憾，就是没有你偎依在我身边和我一起共唱。"

人到中年，感慨良多。感情也好，事业也好，回头想想，虽然不再心潮澎湃，但也总免不了泛起微澜。不过还好，这么多年以来，我对得起每个合作过的客户，没有辜负他们对我的信任，没有辜负他们给我的每一分钱。

往事已往，多思无益，以后，该做的事继续做好，更重要的是，把更多的重心和感情，留给我的家人。毕竟，事业虽可贵，功名价更高。若为家人故，二者皆可抛。

努力过后，越发感觉回家真好，也许，内心深处，我依然是那个恋家的少年……

愿人心温暖，善意如清流

以前看《士兵突击》时，对里面的"不抛弃，不放弃"记忆尤深，还有就是"好好活就是有意义，有意义就是好好活"，后面这句一开始一直觉得是废话，但是经历得越来越多了之后，才感觉，这是非常质朴的道理。

一直以来都是在忙着为自己挣钱，钱是越挣越多了，但感觉人生总是少了那么点儿意义。那时候也不懂什么马斯洛的需求层次理论（其实现在也不懂，我就随便说说），但是内心也隐隐想提升一点自己的精神境界——说白了，就想做点对社会有益的事。我觉得这个世界对我还是挺优待的，有机会我应该回报一下。人应该知道感恩。

在我的印象里，李翊君留的是短发，看到她长发飘飘的宣传照反而有些不适应了。她走红的时候，我还是个中学生，我一直愿意提到《雨蝶》这首歌，因为它总让会想起我敬爱的奶奶——她现在已经不在了。《还珠格格》热播的时候，奶奶每天坐在电视机旁一集不落，对坐在旁边的我絮絮叨叨"你看容嬷嬷真的是太坏了，把小燕子吊起来打！"，奶奶一脸愤慨的忧虑让我心里很是不安，我只能告诉她那是拍戏，都是假的，她半信半疑地看着我，听我不厌其烦地解释。如今，想起这段往事，还是难免有些伤感。

李翊君是琼瑶阿姨的御用歌手。但成也萧何败也萧何，影视剧歌曲唱多的话，个人的优势就会被忽略。很遗憾在音乐的道路上她走得并不顺畅，或许生活占用了她太多的时间，当然我们也可以理解为运势偏离跑道，歌红人不红。

有一段时间我真的成了救火队员，演出商一看败局已定，才会各种托人找到我，早干吗去了！这次李翊君的演唱会也不例外，但由于是圈子里一个大哥介绍的，我不好意思推辞，还是帮忙给策划了一下。

接手的时候也只有不到20天的时间，和怒放差不多，但李翊君的太难卖了，因为她这几年在内地人气一般，又没有歌迷喜闻乐见的金曲，而且演唱会选择在人民大会堂做，愁死我了！

但我还是得到了一个最重要的信息，一家羽绒服厂给演唱会提供了一笔赞助，我思量了一会儿，觉得这事儿可以做个尝试，我便问杨樾那段时间王兵他们给抗战老兵送军大衣那件事情做得如何？杨樾说效果还不错，我把想法跟他沟通了一下，他觉得可以跟孙冕老爷子谈谈，给老兵们一些羽绒服还是比较靠谱的事情。我给孙冕打了一个电话，他刚好在北京。我把大致的意思告诉了孙冕，老爷子很是感动，这几年他为老兵出钱出力不停地折腾，很是辛苦，让我们这些年轻人很是汗颜。

这次我和孙冕合作共同推出了一个"温情圣诞节 温暖抗战老兵行动"，只要歌迷购票的金额超过1000元，主办方就会以歌迷名义捐献一件价值千元的高质量羽绒服给对口的老兵，而只要歌迷们愿意与李翊君一起献出爱心，主办方就会一直坚持将这个活动进行到底，争取让每一位老兵都穿上质量上乘的羽绒服，渡过一个温暖而贴心的严冬，同时每一件羽绒服都将通过分布在全国各地的志愿者亲自交到老兵手里，穿到他们身上。

与此同时，每一位对口向老兵捐赠了羽绒服的购票观众，我们都将在演唱会的官方微博平台上进行实名或非实名(尊重购票捐赠人的意愿)公布，对大家为我们的民族脊梁奉献的爱心进行公示和表彰，以期带动更多的公众关心和爱护这些为我们的祖国抛头颅洒热血的老兵们，为他们做更多有实际意义的事情，让他们的晚年生活得到保障，给他们"养老送终"。

这个活动由孙冕的个人网站发出之后，得到了网友们的热情拥护，每天都会有几十件羽绒服送到抗战老兵手里。关于这事儿，那天在我酒吧喝酒，我还问过孙冕老爷子，我说："孙叔，我个人在抗战老兵的问题上真帮不上什么忙，但我觉得这件事情至少能将羽绒服送到老人手里，穿在身上比啥都强。"老爷子真的是性情中人，喝着酒眼泪就下来了，跟我们讲了许多抗战老兵的故事，他说："我现在的想法是，不管大家出于什么目的，主要让老人们寒冬不再受冻，我就心满意足。凯凯，你别不开心，我觉得你做这个事情还是挺靠谱的。"他这样一说，我心里好受了许多，继续好好做吧！

这件事情经过媒体的曝光之后，收到了奇效，而李翊君更是在官方微博上支持这项公益活动，她说："平日我就特别关注公益活动，能与主办单位合作发起这项有意义的活动，是我要谢谢大家给我这机会做一点小小的事情。"她的坦诚引起歌迷热烈反响，让网友大赞演出不忘公益。

最终，演唱会票房直接过百万大关，主办方没有赚到大钱，但打平了，就是一件好事儿，而我想到有十几万的羽绒服穿在抗战老兵身上，那才是一件幸福的事情。

这个事情的起因虽然是想宣传演唱会，但是客观上也是做了一件好事。我不敢说我自己多么多么好，但是我很感激孙冕老爷子对我说的那句话。我觉得这样的事情有机会一定要多做，尤其是明星，更应该利用自己的公众影响力，去推广慈善，去传播善意，让善意如清流，源源不绝，缓缓流动，温暖世人。

值得欣慰的是，现在很多明星都在不遗余力地在做慈善，比如黄晓明、古天乐等，他们形象好，影响力大，带动了社会的正能量。这真是非常好的一种行为，感谢他们，感谢每个愿意奉献爱心和善意的人。

愿人心温暖，善意如清流。

坚持必须坚持的，做好必须去做的

我很讨厌潜规则，尤其是很多所谓的"大家默认的传统"，因为心照不宣，以前的人这么做，后来的人还这么做，于是一些陋习一直得不到改正，你想去改正吧，别人还说你破坏规则，让大家难以做事。其实，偏偏是这种潜规则的存在，才让很多事难做，才让很多行业和从业者难以生存。比如，赠票这种事。

我一直以来都这样认为，一定要拒绝赠票，一定要坚定这种信念，然后演出方、艺人再做出好的表演作品，这样，演出市场、表演艺术才可以健康发展下去。

我以前和高艳津子合作过"花样"时装秀，他通过陈凯歌那边拐弯抹角找到我，他们的现代舞《问香》在天桥剧场上演，两场演出一个多月就卖了不到4000元钱，最后两周的时间如果没戏的话对剧团将是一个致命的打击。当我了解到北京现代舞团当时的困境后，还是觉得应该做点事情。

于是我写了一篇《中国纯粹现代舞艺术救赎之路：从<问香>开始》的文章在各大网站发布，大体的意思是，长期相对边缘化的"纯粹现代舞艺术"能够大张旗鼓走进观众的视野，用饱含生命张力，直透灵魂的舞蹈艺术与大众的心灵产生共振，开启严肃现代舞艺术面向市场的救赎之路。

在海外，高艳津子领衔的北京现代舞团被认为是亚洲最出色的现代舞艺术团体，他们的大量作品在世界级现代舞比赛中屡获大奖，他们也常常应邀在海外进行巡回表演，并为海外高水准的艺术节创作舞蹈艺术作品，成就之高远远超出了不了解他们的中国观众的想象。但作为一个非国有艺术院团，没有国家在这方面的投入和支持，这些将舞蹈视作信仰，用灵魂起舞的艺术家不得不面对以海外演出的有限收入来争取生存乃至用于推动现代舞艺术在中国的普及和发展，资金上的捉襟见肘是可以预见的难过现实。

这样做就是先告知大家北京的高雅艺术面临困境，希望大家多多关注。继而，和大麦网联合推出了"拒绝赠票 从我做起"的活动。北京号称有最庞大的高雅艺术消费人群，却养不活一群舞者，赠票让整个演出行业苦不堪言，已成市场毒瘤。而北京现代舞团在温哥华演出，市长都亲自购票。

最终，舞剧《问香》定于8月19日、8月20日在天桥剧场上演，据悉，作为北京现代舞团最铁杆的支持者，崔健、姜文、顾长卫、陆川、潘石屹、洪晃、杨澜、田壮壮、刘索拉等众多明星大腕儿已自掏腰包购票。这些具备公众影响力的名人以实际行动为中国纯粹现代舞艺术的未来贡献着自己的力量，这样的行动也直接激发了不少热爱舞蹈艺术的观众们的购票热情。

随后，《法制晚报》独家报道了这条新闻，这条微博也迅速在网上成为热门。在演出开始前两天，门票销售一空，当晚，李少红、高晓松、洪晃等一批明星到现场观看了演出，现场异常火爆。连我自己都拿不到票，只好站在后面观看。

一个创意拯救了北京现代舞团，后来，"拒绝赠票 从我做起"开始在北京演出行业中兴起，但别忘了，这个是我的创意，不过，为了演出市场好，哥们儿不要创意费，随便用！

说到创意，不得不提冯小刚的《非诚勿扰2》的片尾曲《最好不相见》，是由栾树制作，歌手李漠演唱。而我最重要的任务是帮助小栾哥推一下这首歌。当时，在微博上做了一个公益贴："一部成功的影片和幕后人员的辛勤劳动是分不开的，无论你看的是冯小刚还是姜文的影片，都请你看完字幕后再离开。看看这些为你奉献了经典画面、台词、音乐的都是谁？然后再给他们掌声吧！"并把《最好不相见》的MV放在上面，只要打开页面，这首歌的音乐声就响起了。这条微博当时在微博上转发超过1300多次，王菲、冯小刚、姚晨、舒淇都纷纷转发支持。

过了不久，《建党伟业》上映，片尾曲《有一天》由马上又演唱，我又做了一条微博，在原有的基础上加了"请放映员晚开灯两分钟，这是对所有电影人的尊重和支持"，这条微博与上一条有异曲同工之处，转发超过1400多次。

很多人后来都问我，为什么要让大家观影结束后看完字幕后离开，这和音乐没有关系呀。持有这种想法的人我一般都不愿意搭理，大家仔细想一下，我要推广的是片尾曲，你看完字幕后不就把我的歌听完了吗？一个哥们听我说出这套"理论"之后才恍然大悟："孙子！你够鸡贼！"

微博的话题其实很简单，热点无非由社会热点、突发事件、丑闻、流浪猫狗、剩男剩女、星座等热点话题构成，你只需要在这几个方面下功夫即可达到不错的效果。微博的营销操盘手是一个对整体有掌控力的统帅，很多时候应该是一个优秀的导演，每一个话题的选择，或者此时此刻受众群体的心理变化都应该有一个猜测，如，你至少要了解到每天24小时，白领阶层、学生、业内精英每时每刻在做什么，你才能根据他们的生活规律做出有效的微博话题来让他们关注。

没有什么难题，是通过合作解决不了的

我想大家都听过这么一句话：没有什么问题是一顿烤串解决不了的，如果不行，那就再来一顿。当然，这基本上算是玩笑话，是我们大吃货们自娱自乐用的。不过，在做事情上，我倒是可以把这句话改一改，就是：没有什么难题是通过合作解决不了的。这么改完之后，是不是觉得很有道理？

人是社会动物，尤其在现在这个互联网时代，人和人之间的联系越来越紧密，需要互相合作的事情越来越多，一件事情也许一个人也能做好，但是，通过合作却可能事半功倍。如果是一件很难的事情的话，那就更需要大家群策群力，通力合作，才能更好地解

决，更顺利地解决了。

毕竟一个好汉三个帮，没有谁能通过"单挑"搞定所有难题，再牛的人也不行。有自知之明，愿意相信别人，大家互相合作，是我们在当今这个时代快速、便捷、有效地做事的必备素质。

张北草原音乐节由李宏杰创立，从2009年开始，在条件极为艰苦的情况下，渐渐和迷笛、草莓、热波平分天下。之所以上升速度较快，最重要的原因是当地政府比较重视，亲力亲为为音乐节做各种服务，这也是其进步飞速的重要原因。而张北草原音乐节的成功，也让地方政府领导政绩斐然，受到不少嘉奖。最重要的一点是为当地的旅游业兴起做出了重要贡献，老百姓受益了，比什么都重要。

从2009年开始到2011年，张北草原音乐节叫好不叫座，每天到现场观看的人络绎不绝，但门票销售非常惨淡。单说2011年，3天票房加起来不到100万元。以前是县政府买单，但后来随着政府对于地方财政的把控规范了许多，再拿钱出来的话就不是一件很容易的事情了。所以，县政府才要将音乐节推向市场，于是，就有了和我们的合作。和政府打交道很累，李宏杰对这点把握得挺好，我只能自叹不如。

我操盘张北草原音乐节，有一个前提条件就是希望政府杜绝赠票，净化演出市场，如果这一点做不到的话，想要做好音乐节几乎没有可能，票务市场混乱，带来的恶果是索票、蹭票、赠票、黄牛等等层出不穷，会给音乐节本身和广大乐迷造成巨大的困扰。

我的这次建议得到了县政府的大力支持，没过几天，张北县人民政府首次以官方姿态向当地县直各部门、各乡镇人民政府以及各相关企业正式下发"关于加强2012年张北草原音乐节票务市场管理的通知"，分三条做出了要求。

一、加大地方宣传力度，营造"凭票入场"舆论氛围，杜绝无票入场现象发生；

二、不设赠票，号召各乡镇、各部门、各企业不要等待、观望，到指定售票地点或大麦网购票；

三、音乐节期间，张北县人民政府将组织公安、工商等部门成立票务执法小组，严厉打击倒卖门票的行为，对任何单位、企业、个人有从事倒票的行为严惩不贷！

张北草原音乐节此次针对票务市场的官方行动在中国内地音乐节甚至演出历史上都是首次，也为中国内地音乐节市场的规范化运作做出了新的表率，对于音乐节产业未来的发展有着非凡的意义。

对于张北来说，草原音乐节的良性规范运转关乎当地百姓和来到草原的乐迷们的切身利益，而票务市场的规范更是重中之重，张北此次的行动最终能否为音乐节带来成功还不得而知，但意义却是非同小可。

与此同时，我在网络上发起了"拒绝索票蹭票，拯救音乐节"的倡议，得到了包括迷笛、草莓、热波、大爱等等各大音乐节官方以及众多业内人士和乐迷的大力支持，获得了很好的社会反响，也进一步验证了索票、蹭票、倒票、赠票等恶劣行为已是音乐行业内外的众矢之的，用实际行动除掉这样的恶习显然是大受欢迎的行为。

有了第一步，余下来的工作就比较简单了。3年来，这么大的音乐节居然没有和正规的票务网站合作，这真的是奇葩。我利用私人关系，迅速和大麦网谈好一切条件，让大麦网的工作团队入驻张北县，在县城设立票务点，随时可以售票。这一点是必须要做的。

以往音乐节的演出都是晒阵容，看谁请的大牌给力，实际不然，各大音乐节压轴的无非是崔健、汪峰和许巍等老牌，其他的就是港台流行二流歌手小清新歌手等等涌现了，再不济就是从国外请一些不知名的乐队来增加点国际化因素。所以，晒阵容这一招早就行不通了。所以，我前期要做的就是参演乐队一个个往外扔，让他们乐队号召粉丝和我们一起宣传，大民的力量是强大的，再就是压轴乐队不公布，让大家去猜测，这才是真正的宣传。而张北草原音乐节最大牌的乐队是英伦电音无冕之王的Orbital，迷幻摇滚天团Spiritualized，再加上汪峰，除此之外，真的没有什么可说的了！愁死我了！

传统的媒体宣传大家在网上也都能够看到，于是我在张北草原音乐节的宣传上采取了另外一种独创的模式来吸引大家，尤其是在新媒体的营销上面下足了功夫。如找专业漫画师设计出12星座去草原上约会，让大家看看自己的性格在草原上是如何与爱人玩耍的，这个创意一经推出，许多年轻人乐得不行了！

新媒体并不局限于微博，微信作为新崛起的地位平台，大家对它的研究从未停止过，而通过新媒体来为产品提供宣传渠道已经得到大家的认可，并且，也得到了一定的效果。另外，一些地方媒体也会根据微博或者其他新媒体通路来寻找新闻点，也是互联网发展到今天的一个进步。

新媒体除了演出、电影、艺人新闻，还汇集了各种各样的诸如社会、财经、军事等等各式不同的类别，而在任何一种平台上做宣传企划，都不能单一去执行，而是巧妙地运用各种类别较为合理的为你服务的对象做营销，演出也不例外。

张北草原最大的优势是环境和美食，我又在这上面做足了功夫。我和旅游局的领导几乎发掘出了当地所有美食，推出"舌尖上的张北"，由旅游局和我一起宣传美食和风景。如"莜面菜卷"。同时，在音乐节宣传和乐迷服务环节中引入了成熟的电子商务平台"逛"参与合作，这样的合作可以让音乐节的宣传轻松融入眼下最火热、用户最为广泛、消费最为活跃的电子商务领域，无数的网购达人和消费者同时也是音乐节潜在的拥趸，这一点在今年的音乐节现场众多从电子商务平台获得信息并购票前来的乐迷身上得到了充分的验证。

张北草原音乐节的演出现场是远离城市的广袤草原，附近除了一座度假村之外没有更多可以提供服务的商业网点，乐迷们如果无备而来，的确会遭遇到许许多多难以解决的麻烦；而对于电子商务行业来说，每一次大型户外活动都可能带来一个消费高峰，线上线下的互动结合带来的结果必定是乐迷们提前解决了各种潜在问题，音乐节收获了更好的口碑，而电子商务平台也将赢得乐迷的钟爱并获得相应的回报。

张北草原音乐节与逛网的合作是一次大胆的创新尝试，人们除了关心音乐，其实还会关心怎么去音乐节、要带什么去、去了怎么玩等等音乐之外的事情。乐迷们在去音乐节之前已经可以通过多种渠道和方式登录该电子商务平台上的音乐节专题页面，通过浏览、分享和互动，提前了解今年张北草原音乐节的氛围，以及去的都是什么样的人，有没有和自己有着同样喜好的潜在朋友，大家准备怎么玩；其次，更可以通过电子商务平台了解去音乐节的人需要准备的与行程相关的物品，比如与音乐节风格相符的各类个性化服饰，出行需要的帐篷、雨伞、花露水、太阳镜、防晒霜、雨靴等等，甚至各种夸张个性的搞怪道具，几乎考虑到了草原生活的所有细节。

另外，在2012张北草原音乐节宣传过程中，史上第一次与大众关注的热门电影《二次曝光》(李玉导演，范冰冰、冯绍峰、霍思燕等众多明星联袂主演)、《超越那一天》(崔健第一部3D音乐电影)牵手合作，成功将音乐节的宣传面扩展到了影视观众的领域。而对于这些影片来说，张北草原音乐节吸引近30万的乐迷的超级现场也是它们充分展示自我的庞大舞台，它们在音乐节当中也获益匪浅。这样的影音联袂宣传在中国内地音乐节史上是第一次，但可以预料的是，未来这样的方式和手段也将成为常态。

和电影《二次曝光》合作，作为国内罕有的"影音"相互助力的营销方式，对于未来中国电影营销、音乐节产业的全新思维方式也许都将产生深刻的影响。《二次曝光》在音乐节现场与数十万乐迷进行互动，并为幸运乐迷们送上限量版电影官方环保帆布包等多种礼品，正式开启了音乐节产业与电影产业相互助力、共襄盛举的新思路，也因此将音乐节的影响力扩展向影视观众。

这种合作是一次创新，所带来的模式值得探讨，但从卖点和策划上而言，都是非常成功的。

音乐节与新媒体、电子商务、热门影片、赞助商等各类合作伙伴共同做的一系列富有探索色彩的创意和实施也成功吸引着乐迷们的关注，与蚂蜂窝、开心网、逛网的深度合作，也让众多业内人士为之惊叹。这一系列宣传上的新思路、新动作，让2012张北草原音乐节的宣传显得无孔不入，成功变身2012年度最受关注的演出大事件之一，使"音乐节是一种生活方式"这个理念得到了很多人的认可。

张北首届内地音乐节产业峰会也在音乐节演出期间主办，沈黎晖、张帆、张轶倩、胡海泉等业内人士纷沓而至，共同探讨音乐节未来的发展之路，大爱音乐节的陈述和张帆激烈对话，都给人留下极为深刻的印象。

另外，我们还做了一些搞笑视频《一张门票引来的爱情故事》、《元首的愤怒》、微信"高考之后音乐节最佳发泄地"、"那些摇滚青年的前世今生"话题等等，一波波在网上推出，都让人目不暇接。

除此之外，为了吸引歌迷，北京买票参加音乐节的歌迷可以在祁家豁子公交站乘坐专车往返，并且和车站领导积极沟通，做了深度合作，票价都打了折扣。

同时，和张北县交通局沟通，凡是持门票来观看演出的歌迷高速进入张北县收费站是免费的，张北县交通局直接下文：

北京京藏高速出发，参加张北音乐节的车辆，进入张北南、北收费站的所有车辆7月27日−29日12：00分~18：00分这个时间段免收（65元）过路费！特此通知！

当年6月23日，音乐人梁和平在北京发生交通事故受重伤，引起了众多音乐人极高的关注。事发后，他的各界好友联合发起了"为了和平"主题募捐活动，于当晚在798尤伦斯艺术中心报告厅启动，何勇、洪晃等人均参与其中。而我代表音乐节主办方拿出和吉他中国合作的三把吉他，请当晚嘉宾崔健、顾长卫、艾敬等一些明星签名之后，放在官微上拍卖，将拍卖所得款项近2万元，转交给梁和平家属。

就在音乐节即将开始的时候，北京2012年7月21日，北京迎来了61年最大暴雨，北京城遭遇今年以来最大降雨，降水量为40年来最大的一次暴雨，并且，有多人身亡，我那天从张北回北京处理一些事情，险象环生，进入城区时严重拥堵，无奈转到昌平回家。

当晚接佳惠求助电话，驱车奔东直门救场，地铁口路遇一女士携11岁儿子，72岁母亲欲打出租，我不忍心，便问他们去哪里。女士回答说：建国门附近一酒店。于是我邀请其上车，旁边冲过来两拨打车者，说去西单、上地，我答：这不是出租车！我们把4包行李搬到后备箱，接上佳惠出发！女士说："为什么北京的出租都不停？但我坚信北京有好人！你是！"

回家过安定门河边小道，积水约60cm，开车通过后，看路旁两人鬼鬼祟祟，便下车检查车牌，发现前车牌丢失，怀疑被水冲掉，停车脱裤在水中寻找20余分钟都没找到，后来发现雨水井被垃圾塑料布堵死，清理后雨水瞬间皆无，车牌显露。另外两枚车牌被两人捡走！以后大家穿越积水时一定留心一下自己车牌！

那会儿我晚上特别害怕第二天下雨，几乎有点神经兮兮，每天早上一睁眼先看看天。我除了要面对天气之外，还要面对一些不良人士在网上恶意攻击音乐节，并且奉劝业内人士不要来张北参加音乐节，说太危险之类的话，弄得我们都很无语，但我是不会和他们较劲的，如果那样不是正中了他们的下怀吗？

虽然7月21日北京的灾难性大雨和连续数日都将天降大雨的天气预报让众多乐迷停下了前往张北草原参加音乐盛宴的脚步，但美丽的草原依然迎来了近30万的乐迷，更应该庆幸的是，天公作美，3天的草原音乐节，除了第二天时下时停的雨制造了一些麻烦之外，其他的时候草原上都是湛蓝的天空、灿烂的阳光、洁白低垂的云团、碧绿无垠的草原，让"冒险"来到草原的乐迷们领略了草原无与伦比的美丽，惊喜程度堪称五星！

音乐节期间，1500亩的音乐节场地四周都装上了围栏，两米一岗，严防无票人员进入，站岗的都是县政府各局的工作人员，算是加班。于是，那年音乐节场内，看不到往年挎着篮子卖自家农产品的村民，"连进去捡破烂也不行"。而我们和当地电视台沟通了一下，今年张北县的居民可以在电视上收看音乐节实况，那样就更便捷了。

当地人对音乐节的热情显然并不全因为音乐。临时征调的金杯车往返于县城和音乐节现场。"整个县都在为音乐节转起来了！这是大事，我不是为了钱！"司机师傅是本地人，颇感自豪。这是中国青年报蒋肖斌的文章《围栏外的张北》一文中描述的。

演出结束的深夜，归来的观众惊醒了这座小县城。挂着京津冀晋等车牌的汽车呼啸而来，成群结队的观众找旅馆、找夜宵摊。音乐节期间，县城所有旅馆全部住满，价格比平日涨了一倍以上，普通小旅馆的房价在500元左右。

当晚，我们原定的班车要送歌迷回北京的，其中有一辆出了问题，他们觉得时间已经超了，不准备回北京了，满车歌迷当然不干了，起了争执，我和李宏杰赶过去帮忙协调，最后，跟班车领导沟通了许久，才同意送歌迷回北京。当时没想那么多，就是希望不能有任何负面的东西出现。事后，一歌迷在微博上这样留言：郭哥，作为最后一班车上的一员，不代表任何人，我只代表自己向你以及全体工作人员表示感谢，你们付出的劳动是值得肯定的！

如今的各种音乐节已经泛滥，很多主办根本没有弄清楚音乐节的理念究竟是什么。事实上，真正的音乐节并不是明星拼盘演唱会，音乐部分只占四分之一，且与明星的名气也没有太大关系。"音乐节其实是一种美好的生活方式"，需要有一个完整的攻略。张北音乐节，来这里享受当地的美食、美景，搞一场朋友聚会才是正道，所以，它像是一个大派对。其实可以幻想一下，如果在音乐节上，突然与偶像近距离接触，或是意外和一位老友偶遇，这会是一件多么美好的事情。

"音乐节是一种生活方式"，这是我们全场贯穿的一种核心理念，但愿大家能懂其中精髓。2012年张北草原音乐节获得了巨大成功，票房近700万，同时荣获：2013年度"华语金曲奖"最佳音乐节奖。

回过头来想想，从6月份开始，团队就开始精心为音乐节梳理系统、有效的策划理念。而我在北京暴雨来临的那一刻，依然冒着生命危险，为了中国音乐节的崇高使命，依然穿梭于北京至张北的路上，在大爱音乐节溃败之后，顶着巨大的压力，几乎完美地完成了张北草原音乐节宣传。演出结束的那一夜，我躺在草原的蒙古包里睡了一个好觉。

后来，去张北县"百里坝头"玩，靠近入口处有一个小村子，沿途路边有许多农民在这里卖白菜，都是自家种的，很可惜少人问。白菜10棵（5斤左右）卖10元，香瓜10元6斤，我那天把车后厢都装满了，回家送人去。这也是张北县留给我的最美好的记忆。

操盘这次音乐节的难度，比起以往我组织的任何一个活动都大，我虽然做过很多活动，算得上经验丰富，但我毕竟不是超人，更不是神，一个大型活动的完美举办，必须是相关人员和组织齐心协力才能完成的。做的活动越多，接触的人越多，我就越是心怀感恩。因为不管是什么类型的合作，什么程度的合作，必须是彼此之间有较好的默契，较高程度的信任才能完成，这期间，不管大家最终都是为了什么目的，但最基础的目的是为了把一个共同的事情做好。大家同甘共苦，齐心协力，打一个攻坚战，过程越是困难，结束之后的"革命友谊"就越深厚。

现在我自己开公司了，但是我从来没有"独断专行"过，因为太多的过往经历告诉我，只有合作，才能让你做事更轻松，更有效率。现在我的公司固然是我的，但是我的员工并不只是我的员工，他们也是我的合作伙伴，是为了一个共同的事业而战斗的战友。我愿意与他们一起合作，共同进步，共同迈向美好的将来。

如果说，音乐节是一种生活方式，会让生活更美好；那么，合作是一种工作方式，会让工作更美好。

人在江湖漂，越漂越风骚

　　作为一个资深北漂，我对"人在江湖漂，哪能不挨刀"这句话可是深有感触。以前觉得出来闯天下是一件非常浪漫的事，非常帅气，就像古代的浪子、游侠一样，虽然明知道会有很多辛苦，但是还是会怀有很多美好的幻想。这句"人在江湖漂，哪能不挨刀"其实就是对出门在外的人的一句忠告，是为了提醒我们，要做好吃苦以及吃亏的准备，然后再去想别的。

　　苦会有，亏也会有，但我们如果想成功，就必须收起那些小"矫情"，而是满怀"革命乐观主义精神"，打倒一切困难，克服一切艰险，然后，你会发现，原来你成功路上的一切拦路虎都是纸老虎。当挨刀挨到刀枪不入的程度后，你就会进入到一种更高的层次更高的境界中，自己越漂越风骚，做什么都得心应手了。

我用了许久的时间将房间清扫了一遍，看着干干净净的地板，略微失落还伴有一丝欣慰地拉上了房门，转身离开，此刻，场景多么温馨——对不起，这不是电影片段，也不是要去远行旅行，而是无奈地和我生活了4年的住所说再见。

房东的孩子要上小学，我不得不重新找新住所，众所周知，在北京租房是一件又麻烦又痛苦的事情，尤其是现在的房价高得离谱，而我本人存折里的钱只能买一个卫生间……想到这里，我不好意思地笑了，在北京拼了这么多年，依然没攒下多少积蓄，实在是有点说不过去。

祸不单行，新工作室也要搬迁，在一个月之内要找两个合适的单元相信对于每一个人而言，都有种发疯的感觉。但对我而言，在北京待了13年，早已习惯了北漂生活，搬家嘛，其实还是蛮简单的一件事情，对于喜欢挑战的我而言，这不算什么。

遥想刚来北京时，和朋友住在德胜门外大街一个小三居的房间里，自己和家人住十几平方米的房间不也过了好几年，房间里只能放下一张床，一个电脑桌，其他的一无所有。不过，那个房东还不错，退伍军人，师级干部，周末偶尔过来帮我们打扫一下卫生，和我们唠嗑。后来他儿子结婚，我们才不得不离开。那个院子还算安静，楼下的小孩子和小郭同学相处得很好，那段时光让我很留恋。

我很怀念那段时光，刚在《世界都市IOOK》工作，每月发的工资，还能养活小郭同学，2005年，小郭同学上小学一年级，需要有一个独立的空间，所以，开始选择搬家。我很不喜欢房屋中介——拿一个月的租金当劳务，这是赤裸裸的敲诈勒索，但在如今的首都，居然被合情合理地接受了。当然，这只是我的个人看法！别人愿意找中介是别人的自由，不过，对于生来倔强的我而言，俩字儿：就不！

我都是选择自己找房。我在某网站看到了租房信息，当晚，和房东一聊就顺利签约了。

在大井胡同找了一室一厅40平米的房子，终于不用和别人合租了，这也算是一个新的开始。小郭同学比较顽皮，晚上害怕睡不踏实，于是我把中间隔断的一块玻璃敲下来，想和我睡的时候，直接钻进来即可，打招呼也很方便，跟儿童乐园一样，多了一些情趣。

小郭和这个院子里的小孩儿玩不到一起，我就经常拿点小玩具小食品"贿赂"他们，好让他们能尽量接纳小郭。但那个胡同的孩子素质真心一般，那拨孩子经常欺负他，而我们毕竟是外来的，不能跟本地人硬碰硬，便只能告诉他不要太在意这些，"出门在外，和平第一"，要努力让自己变优秀，用自己的努力远离那些不优秀的事物，当你不在那个"坏环境"中时，你就不会被"坏"所影响、所欺负了。小郭当初有些不理解，但慢慢也就适应了。当然自信是建立在学习上的，每次考试都是全年级前几名，此刻，我会告诉他，你是最棒的，忘记那些让你不愉快的事情吧！

每周我都会陪着他上钢琴课，最远的是在劲松，坐44公车一个来回需要4个小时，我俩疲惫不堪，但为了让他有一个好的未来，我们还是挺住了！事实证明我的选择是英明的。

离开搜狐之后，我成立了自己的公司，在鼓楼脚下一个酒吧里办公，晚上客人来消费，白天员工办公，生意时好时坏，但那都无所谓，能赚就赚，不赚钱就当办公室用了，冬天很冷，开两个空调还是冻得要死，我很感谢那几个优秀的员工，在那么艰苦的条件下，完成了"怒放"、"光辉岁月"、"张北草原音乐节"的企划宣传。如今，那里已经被拆迁了，偶尔去鼓楼溜达的时候，我还是会站在那里待一会儿，和当初的邻居聊聊天，想一想那几年发生的事情。

我的第三任房东人也不错，她把房间收拾得很干净，我当初一看就决定在那儿住了。唯一美中不足的是紧挨马路，偶尔半夜里喇叭声会吵醒我，夏天更不爽，不仅会有喇叭声，还有蚊子嗡嗡嗡，想睡个好觉着实很难。我后来置办了一些家具，家具城里有家装修搬迁，我在那里一股脑地买完了自己想要的东西，仔细一算，花了不到7000元钱，记得一个床头柜才50元钱，现在我还在使用。我和房东互加了微信，时不时的各种点赞，关系老好了。

　　鼓楼的办公室拆迁之后，我们又搬到了德胜置业大厦公寓里，在那里待了两年，房东是个女的，喜欢摇滚乐，和我身边许多朋友都认识，知道我搬进来很高兴，帮我配齐了所有办公用具，房租也收得很合理，这一点我深感欣慰。可惜后来这套房子被她卖了。我们又一次面临搬迁。

　　后来搬到了北苑，也是我在网上找的，那套房子我也很满意，有一个花园，最初有些杂乱无章，但经过我的梳理，客人去了以后都愿意欣赏欣赏方才罢休。花园里的一草一木都是本人亲自打理，每到花季来临，美人蕉、葡萄树、烧汤花等等开了一墙一院，真有点"春色满园关不住"的感觉。房东阿姨对我格外照顾，柜子是黄花梨的，沙发也很高档，非常放心地让我用，也不多收费用。后来，我不在那里办公了，但回想起来还是倍感温馨。

一次次的搬家，固然有不那么美好的时候，但是更多的时候，其实还是遇见的好人多，我跟很多房东都处得很好，说起来，租房也是很锻炼人的交际能力和眼光的，你说是不。

现在的新公司位于南二环，离北京南站很近，属于高档社区，精装修，我一眼就看上了。房东年轻有为，聊了几句才知道，是做金融的，和我的业务有些关联，我俩聊得挺好，给我的价格很优惠。公司经过我的打理已经有模有样了，又在网上添置了一些二手家具之后，新工作室就正式启动了。

接下来最大的任务就是找住的地方了，找居住的房子也是费了九牛二虎之力。由于最近许多学校开学，周边的学区房很是紧张，西城学校遍地，我觉得每一处都是学区房，这次找房子不是很顺利，最扯的一次是去看一套房子，房东找了各种中介，足有二十多个家庭来看房，每个人聊几分钟，跟皇帝的女儿不愁嫁似的。巧得是，这次看房还见到了和我前几天去看同一套房子的朋友，他说："妈的，我上次进到房间里，那位爷坐在沙发上那种态度，真心受不了，出门儿我自己抽了自己一个大嘴巴子，太尼玛扯淡了。"听完我就乐了，深有同感。

在附近看中了一套房子，经过那么多家庭的筛选，我终于中标了，当天就交了定金，约定第二天签合同。可惜还是无缘，当晚，他们给我打了电话，说自己经过慎重考虑，还是决定不租给我了，他们很抱歉，希望能把押金退给我。对于这种出尔反尔的做法，我没吱声，也没提让他双倍赔付押金，我很痛快地答应了，这种房东多好的房子给我，我都不会住的，诚信是一种很重要的品质，谁让我如此在意呢！

继续找呗，还能怎样呢。在西直门附近，我看上了一套房，房东是东北人，很敞亮，聊了几句，感觉很投缘，当天就签了合约，付了租金。喜欢这里的一个原因是房东夫妇人很不错，不事儿，另外一个原因是，窗外是娘娘庙，很雅致，远处能够看到13号地铁，每天有无数人从我的窗前走过，人间百态，众生万象，尽收眼底，想来也是别有趣味。

扯了那么多，跟流水账似的，估计你也烦了，这种家长里短的小事，对于那些在北京有车有房的人们而言，是很难有共鸣的，但是同样是外地来京的北漂，肯定有相同的感受。

其实租房跟谈恋爱有异曲同工之处，都是要看缘分的。是你的想跑也跑不了，不是你的想得也得不到——强得的，也不美好。

说点实际的吧。关于怎么租一套心仪的房子，这么多年我也总结了一点经验，在此奉献出来，万一有人看了觉得有用呢。

首先，大多数租房子首先要考虑的就是，交通是否便利。计算一下你到公司需要多长时间，你需要几点起床，要有初步的计算。之后，看好房子后，不要选择早上9点钟或者晚上21点之后，饭点给对方打电话，接通电话之后，要对房子有一个初步的了解，房间装修、设施、价格，试探性地询问能否有折扣，之后在那个区域选择三四处房子，选一个时间段全部看完，再做对比。切记，当价格合适时，必须当机立断拿下。如果押一付三，价格不能便宜，那你要考虑押一付六，或者直接支付全年。再不行，而你的工作要在这里好多年不变动的话，建议签三年以上，价格不变，如果房东说一年一签，你就不要考虑这套房子了，到时候会有很多麻烦，他不想租给你了，一个狮子大张口，你就傻了。

最好不要和中介合作，你试想一下，每月房租8000元，中介要拿走一个月房租劳务，等于说你每月租金8800元，第二年是不是还是这么收另说，这样的话就太不划算了，直接找房东，即使租金不还价也给你每月省了800多，你算一下是不是这个道理？

租下房子以后，尽量和房东搞好关系，要爱惜他的房子，要学会逆向思维，站在房东的角度看问题。谁也不愿意把房子交给一个邋遢户。要把他的房子当作你的家来住，最好能做到一尘不沾。毕竟，有了干净的环境，你的身心得到了巨大的满足，每天早起精力充沛，这样的房子才是你的首选。和房东搞好关系，多交了一个朋友，没准以后能合作呢。但愿我说的这些能够对在外漂泊的人有所帮助。

我很庆幸自己还能够留在北京，每个月赚的钱还能够养家糊口，小郭同学还算争气，小升初很顺利地考上了重点，考高中满分580分，他考了564分，这样的佳绩，给了我无穷的斗志，希望他能够在自己的世界里活出精彩，不像他老爸那样有如此坎坷的人生，不过，我还是为他感到骄傲。

如今，我把自己多年以来租房的经验和故事拿出来说说，希望能对北漂的兄弟姐妹们有点帮助。我认为在经济承受能力尚可的情况下，房子还是要尽量租个稍微好点的，毕竟是天天住的地方，一定不能太将就，对自己好一点，对自己的生活好一点，生活才会回报给你更好的未来。

我看过很多描写北漂的影视作品和文学作品，要么就是描写得太苦，要么就是描写得太浪漫，虽说是"艺术来源于现实但又高于现实"，但有时候感觉太脱离现实了。北漂这个词包涵的范围太广了，农民工来京务工是北漂，外地名牌大学来京就业也可以说是北漂，甚至有些来北京投资的老板都自称北漂。北漂不能概括所有人，不能概括所有情况，我所说的大概就指有一定学历，能找个在办公室上班，并且在自己的职业生涯中有进步空间的那些人。

这样的人，虽然漂泊在外，但是知道自己想要什么，有一定的人生规划，所以，虽然漂着，但是却不轻浮，虽然漂泊，却不颓废，而是满怀革命热情，乐观向上，即使偶尔伤心失望，也照样能打起精神，迈开脚步，昂首向前。

这种漂，不是随波逐流的漂，而是自己掌舵，自己划桨，自己决定自己命运的漂。这样的漂，才是漂出了风采，漂出了风骚。

后记：愿我们都是少年

按照惯例，感谢CCTV，感谢MTV，感谢……

好了，还是感谢我生命过程中给过我"美好"的所有人吧，亲人，朋友，合作伙伴，老师，甚至擦肩而过的人。

我原本不想把北京十几年所发生的故事用文字的方法记录下来，但又特别害怕某天当自己老去的时候，那些美好的故事会消逝在我的记忆中。权当是为我的青春做一个较为详细的描述吧！那些熟悉的脸庞和灿烂的笑容都时隐时现，时常出现在我的记忆中，感谢你们带给我的美好。

我也担心别人说我矫情，这么大的人了，还总是说自己是少年，也不害臊。当然，我也知道古人说过"花有重开日，人无再少年"，但是，我更相信"人老心不老"，况且我人也不老。过了三十岁，我还是少年，这不是我的"小矫情"在作怪，而是我永远生长，永远向前，永远以新的面貌面对新的一天。蔡澜先生说过，"心若年轻，永远不老"，那么，我的"少年"我当之无愧。

或许，很多人觉得我现在写这种东西，有些炫耀的成分，又不是什么明星大佬，写出来谁看呀？严格意义上它算是一本自传吧！想到这里，我脸似乎都应该红了！是不是要撒泡尿照照镜子呀！但我不觉得，这十年是我最精彩的十年，写出来不为别的，权当纪念一下我那逝去的青春吧！为自己歌唱也是一种幸福！

那些年发生了许多事情，我也要为我的年少无知感到羞愧，很多次都是因为我自己的问题，给朋友们带了一些麻烦，但我真的是无心的，我是一个透明的人，做任何事情都缺少思考，讲话也缺少逻辑，这一点我一直在努力改正。我真的挺羡慕杨樾的，这哥们儿讲话太有逻辑性了！我有些莽撞，但我从来没有想过去伤害某个人，如果你看到了这些文字，觉得我当年伤害过你的话，在这里我向你正式道歉，对不起！

书中记录了许多以前发生过的人和事情，有亲情、爱情，还有伟大的事业，我从一个农村孩子一步步走到了今天，连我自己都没有想到会有今天，还能在北京混得有模有样，连我自己都要为自己鼓一下掌。有时候，去学校给学生们讲课，都会将自己的一些故事和他们分享，当然，前提是够励志，很多学生说我讲的那些东西很实用，真正给他们带来了触动，让他们从中受益了，这一点我深感荣幸。

我妈妈至今都不知道我在北京做什么工作，每次回家都会问我今年赚了多少钱，买没买房子？我只有苦笑，我没有什么钱，但我日子还过得去，我不会去和村子里的大款去做比较，但你的孩子绝对比他们有出息，而且是大出息，这一点后来得到的验证。我父母在村子里，很多孩子都开始问他们转要明星签名了。我弟弟会把当地《洛阳日报》和《洛阳晚报》报道拿给他们，他们都会很仔细地看，知道他们养育的孩子混得还不错。

小郭同学也已经长大成人，已经开始了自己的新生活，未来，我还是希望他能够远赴美国读书，学音乐，踢球，开始去实现他的理想，当然，他的理想其中最重要的一部分也是我的。他现在个子比我高许多，每次和我讲话都很有条理，完全是一个大孩子的做事方法。

在成都待了一段时间，完成了这本书后期的许多文字，我很享受成都的慢生活，让我想到老家洛阳，很悠闲的那种生活，就连街上吹过来的风儿都是软的，随便进一个火锅店都让你吃得大汗淋漓，各种小吃让你真正领略到了天府之国的魅力，风景也很秀丽，最重要的是妹子多，城市里充盈着各种文化的气息，难怪那些大人物都把工作室搬到这里。这城市让我那颗不安的心逐渐回归平静，开始认真思考起余生应该如何完美地演绎下去。当然，还有那么多朋友每天陪着我，正是有了这么多因素，才让我放下压力，踏踏实实地完成了这本书的后期文字，不虚此行呀！

坤鹏的老师很逗，和他很聊得来，他说的话很有哲理，他说：到没人的地方干见不得人的事情。是不是很精辟呀！中午吃饭柴火鸡，张老师给我夹了一个鸡头，那会儿我正在减肥婉拒，只吃青菜，他笑着说：你当年在北京一个冬天吃600斤白菜，就是为了以后不吃白菜，过上幸福的生活，现在条件好了，又吃上了白菜，你赚钱意义何在？当时，给我的感觉是，人生就是一个轮回，就是一个圆圈，从原点出发，转了一圈儿重新又回到了原点，意义非凡呀！

在成都静下心来之后，悟出许多道理，那天去青城山爬山，登顶时需要下一段山路才可上山，途中问对面走过来的两个女孩下山还要多远。那两个女孩瞬间懵了，说："我们是在下山。"我说："怎么可能呢，你俩不是在上山吗？我们这才是下山！"大家哄然大笑。想起郑钧的一句歌词：我一直以为我自己是在向上飞，耳边传来的声音似乎非常美，我没想到我是在往下坠。

有时候我在想，人生活在这个世界上真正所追求的到底是什么？估计会有很多答案，而我的回答可能会有点意思，那就是：做好自己，让自己开心一些，那或许是我一直孜孜不倦所追求的东西。

这本书里出现了许多人物，还有那些我没有写进去的人物，他们都是我在北京生活这么多年最重要的朋友。或许，我诠释的不够真实，不够完美，但我真的尽力了，因为，过了这么多年，当时发生的情景只能一点点忆起，所以，有瑕疵你们可要原谅我哦！

谨以此书，献给那些年爱我的伴随我成长的亲人，我爱你们。

愿我们都能继续生长，愿我们都还是少年。

附　录

以自己喜欢的方式，

过自己想过的生活

MTV Unplugged音乐会 引领潮流还是集体作秀

　　2007年12月中旬，朴树和羽泉将分别在北京上海两地举办MTV不插电(MTV Unplugged)音乐会。这对于中国音乐界来说具有承前启后的特殊意义。

　　MTV不插电(MTV Unplugged)这一演唱方式是MTV全球音乐电视台在1989年首创的。20世纪80年代末期，美国乐坛重金属等电子乐泛滥成灾，在喧闹的鼓点、迷幻的灯光和华丽的服饰中，人们似乎已经找不到流行音乐的方向。但在涅槃(Nirvana)1993年举办的那场经典不插电演唱会《MTV Unplugged in New York》之后，受返璞归真和追求质感生活的思潮影响，欧美的一些大牌乐队开始热衷于此类演唱会，它极大程度地提升了艺人的品牌形象，并且逐渐流行开来，呈现出一发不可收的势头。

相对而言，能够在中国看到一场真正意义上的Unplugged绝非易事，2004年许巍复出歌坛，在北京北兵马司剧场举办10年绝版青春小型歌会，虽然没有打上Unplugged的标签，但确是一场彻头彻尾的不插电演出，演出精致程度让人至今还难以忘怀，当年很多人为没有看到那场演出而耿耿于怀，乐评人王小峰更是险些被拒之门外，火爆场面可想而知。

2005年，超载乐队在北京先锋剧场举办了"生命之诗"Unplugged演唱会获得巨大成功，也是这支乐队组成以来最引以为傲，值得大书特书的一场演出，不知道迷倒了多少业内人士，大家除了欣喜之外，更多的是对这种音乐形式的一种真正意义上的认可。

2006年超女李宇春在成都举办了"Why Me李宇春Unplugged音乐会"，虽然借着超女的名声，获得了不少的赞誉，但是从长远意义上来看，有种背离了这种完美音乐形式的味道。

同年7月，太合麦田旗下"新红白蓝系列"三位唱作新人：红色王凡瑞、白色钟立风，及蓝色莫艳琳在京举办了一场名为"完美原音不插电展唱会"的高规格专辑首唱会，为去年的流行乐坛注入了一些新鲜血液，如此年轻的创作歌手敢于挑战Unplugged音乐会，除了年轻锐气之外，音乐作品才是其根本保证。

Unplugged音乐会对于歌手而言并非易事，除了需要自己有较多脍炙人口的音乐作品外，还有另起炉灶对自己的音乐作品重新定位编排，导演还要根据每首歌曲营造出不同的华丽场景，供人观赏外还不能破坏歌曲本身的本质，难度可想而知。

MTV音乐台之所以进军内地举办plugged音乐会，很大程度上是被这个庞大的消费市场深深吸引，出于迫不得已才做出的新举措，众所周知，近几年电视传媒、新兴媒体发展迅猛，给国外电视行业很大压力。在市场大多不景气的情况下依然我行我素，致力于推广原创音乐，朱哲琴、崔健、郑钧都是沾了他们的光，而他们也被越来越多的国外音乐同行所认可，并且成绩骄人。

目前，内地唱片市场已经被超女、快男、网络歌手、模特、演员，各式各样不具备歌手素质的音乐从业者搅和得面目全非，这么多年来鲜有佳作问世，低迷已经到了谷底。拯救乐坛已经成了内地音乐人及媒体从业者急需解决的头等大事，而此时此刻MTV举办的这两场演出意义非凡，至少给那些音乐从业者提了一个醒，告诉他们音乐还是要依靠作品说话的，另外，MTV非常清楚音乐市场的现状，他们非常懂得拿涅内地音乐市场脉搏，手法之准确，观点之犀利，丝毫不亚于那些所谓的"专业人士"。

换句话说，朴树和羽泉的这两场演出无非就是两场歌友会，不会依靠票房来赚取那些散碎银两，主办单位主要还是为了宣传自己而做的"演出"，毕竟雨后春笋般茁壮成长的电视媒体已经越来越成熟了！如果MTV台自己不搞点新花样的话，会很快危及到自己的底线，这不是一件危言耸听的事情。

反观内地乐坛，这种形式正逐渐被歌手认可，民谣歌手应该算是一马当先，他们对于Unplugged演唱形式要比其他歌手要便利许多，万晓利、小娟、小河、子曰、二手玫瑰、谢天笑的作品如今都成了文艺青年顶礼膜拜的对象。唱片公司对于这样的演出更是喜出望外，除了有人免费制作音乐电视素材外，还能够合作出版音乐会DVD，是多好的一件事情呀！

对于内地乐坛而言，至少通过这两场演出能够刺激一下浮躁的音乐从业者，告诉他们什么样的作品才能荣登大雅之堂，给他们打上一剂清醒剂倒绝对是有必要的，有了前车之鉴，内地的音乐市场才会得以复苏，音乐人踏踏实实做出自己的特色来才是正经事，不要在意什么样的音乐形式，如果那样的话反而失去了其本身的意义，明年音乐会上也许会出现更多新人的面孔，那也不是一个意外！

理想是可以拿来当饭吃的——我所理解的汪峰

2016年11月9日，汪峰在《星空演讲》里做了一篇《不能饿死音乐》的演讲。听了、看了、读了这篇演讲的人，就算是以前一直黑他，这次也因为这篇演讲而开始认可他甚至尊重他了。为什么？因为他说得很真诚，而且讲得非常有道理。不用煽情，但是比煽情更让人动感情。

汪峰讲了他自己做音乐时的种种苦，不出名时衣食有忧，稍有名气时，一张专辑的海外版权才1万美元，到自己手上才7400，他感觉很受伤。

这不应该是音乐人必须"甘于"固守的状态，穷不能成为一种

"高尚的品质"来对自我进行绑架。道德绑架别人不好，道德绑架自己也不好。

做音乐和谈钱不冲突，做音乐和赚钱也不冲突。

汪峰说："很多做音乐的人都很穷，也有很多做音乐的人甘于穷。但是这种'穷'是不合理的，是病态的。"

"你们知道钱会给一个音乐人带来什么吗？最重要的不是享乐，而是尊严。这个尊严不是被人认可的尊严，而是我可以有权利在我想说不的时候，我可以很从容地说不。"

以前很多圈内人和圈外人都批评他太商业，他的摇滚"不纯粹"，他对现实低头了，他堕落了。

但是，这个演讲一出来，很多人都改变了对他的看法。因为现在汪峰已经很有钱了，他之所以继续说这"梦想与钱"的话题，是因为他想帮别人赚钱。

很多有音乐梦想的人，经常是把音乐梦想与钱割裂开的，因为在很多人的心底"音乐"或者"梦想"是纯洁的，高尚的，干净的，而钱是肮脏的，臭的，谈钱就是玷污，就是不纯洁。

这个观念是不对的，就像汪峰所说，是"不合理的，是病态的"。

他不为自己，而是为音乐圈，为音乐人，为那些比他苦很多的，不知名的音乐人发声。所以，他赢得了认可和尊重。

我经常听到一句话，就是"理想是不能拿来当饭吃的"，其实这句话并不对。理想是可以拿来当饭吃的，理想的生活，就是能够养活自己的生活，真正不能拿来当饭吃的，是空想，是妄想。

我以前采访过汪峰，在那篇采访里，我就了解了汪峰是一个什么样的人。所以，即便很多年来，很多人一直说汪峰过于商业，这么不好，那么不好，我依然很认可他，不是我要拍他马屁，毕竟我也没靠他得到过什么，而是，我理解他，我认可他的观念。

附录以前的采访稿于下：

当我第一次听到《小鸟》这首歌时，首先感动我的是歌词，"我像一只小鸟，飞来飞去，飞来飞去"。在这个世界里，我们每个人何尝不是生活在都市里的那只小鸟呢？在这个城市里寻寻觅觅，找寻属于自己的发展空间，我们是否也曾为生活的艰难而感慨万千，我们是否在听到《小鸟》这首歌时，被它感动得泪流满面。那是十年前的事情了，当年听那张专辑的歌迷已经不再年轻。如今偶像，早已被F4之流的帅哥靓妹吸引，谁还记得汪峰是谁？更不知道他的鲍家街43号乐队和他曾唱过的歌。

汪峰坦言，《爱是一颗幸福的子弹》这张专辑里的歌，自己很喜欢，而流行歌手根本做不出来，也唱不出那种意境。流行歌的专辑里，很少能见到摇滚的成分在里边。音乐是我一生的事业，很多歌手都做不到这一点。

《在雨中》这首歌被大家接受时，我们不得不承认，汪峰没有变，依然是那个长发披肩，才华横溢的歌手。他在用自己的一言一行，感动着我们身边的每一个人。他把新专辑《爱是一颗幸福的子弹》发挥得淋漓尽致。整张专辑里充满了爱的气息，这时候的汪峰何尝不是一颗子弹，我们何尝不是那个靶子，被他的幸福击中。

汪峰要超越自己

很多人认为，汪峰是中国歌坛商业化的一颗棋子而已，已经写不出像《小鸟》、《晚安北京》那样能够打动我们心灵的歌了。

对此汪峰这样认为，对于以前出版的那几张专辑来讲，他比较喜欢《花火》。这4张专辑就音乐本身来讲，已经达到了自己的目标，但对整体不太满意。而第一张专辑里表达了一个年轻人对这个世界的看法。时代感比较强，这张专辑做了十年，能不好吗？

随着年龄的增长，很多想法都产生了很大的变化。我要超越自己，不可能永远地停留在现阶段。像第一张专辑里的歌，一晚上能写出好几首，但那又怎样，汪峰不想讨好任何人，不想靠老本吃饭，更不想违心地去欺骗歌迷，"其实自己的每张专辑里都有摇滚的歌，只是大家拿后来写的歌，和第一张专辑里的歌比较而已。因为我知道什么样的歌好听，什么样的歌不好听，什么样的歌是想要表达某种想法的。不是我不做摇滚乐了，只是我的音乐更加成熟了，自己不能够永远停留在现阶段，一定要超越自己，那样才是汪峰的音乐。"

对于签约华纳唱片，汪峰说："华纳唱片的宋珂是很懂音乐的人，跟这样的公司签约我感到很高兴，他们从来不限制我，要我做一些我自己不喜欢的音乐。任由我随意发挥，这对一个歌手来讲，这一点实在是太重要了。有些专辑在别的唱片公司，是不可能出版发行的。但是华纳唱片有时候明知不会赚钱还是会去作，这一点让我很感动。面对媒体我从不忌讳什么，对友情对爱情坦坦荡荡，我不知道那些步入老年的歌手，看到汪峰在媒体上公开恋情，并和自己的爱人拥抱在一起时的心情。他们会不会有朝一日，也会让那些在幕后默默支持他们的爱人能够见光呢？

国内乐队处境堪忧

谈到国内乐队的处境时，汪峰表示：我很不愿意谈到乐队，国内的乐队演出本来就少，而我们乐队去外地演出，演出商直接对我的经纪人说："汪峰就是票房的保证。乐队来不来都行，要不让我们本地的乐队，帮他伴奏就行了。如果乐队要来，是不是让他们坐火车，让汪峰坐飞机。"

汪峰说："现在去各地演出，大多是电视台的歌友会。乐队的演出全是假的，乐队成员的琴根本不接线。只要让观众看上去热闹就行了，要不就是让电视台的乐队来帮忙伴奏。感觉真的不好，现在连老百姓都糊弄不了，这太可笑了。

归根结底还是好多演出商不懂音乐，是素质问题，他们不知道让乐队参加演出。质量才会更高。只是想着如何省去乐队成员的钱，如何减少开支。乐队本来收入就少得可怜，但这是大环境的问题，不是一朝一夕就能够解决了的。大家只能期待演出市场能够好起来，这样乐队的日子才好过一点。"

汪峰是做摇滚乐的

我们知道中央音乐学院的地址，就是鲍家街43号，也知道汪峰是音乐学院出来的高材生，他那独有的书生气质，是当今歌坛很少有的。一支乐队想要得到歌迷的喜爱是很难的，尤其是在我们国内的体制还不是很健全的今天。能够被众多乐迷接受，就更不容易了。

汪峰说："我追求真诚和自由的音乐，我不会追溯潮流去做音乐。我的下一张专辑里依然有爱，既有激情也有旋律。有一种成熟感的声音出现，是一张非常出色的专辑。我清楚地知道哪些歌适合自己，哪些歌不适合自己。我从来不认为自己是一个成功者，我会非常清晰地调整好自己的心态，更好地进入到创作中去。我的音乐有人性的一面存在，所以说充满了爱的味道。我的音乐中没有欺骗，只有真诚，我的音乐不说谎。"

对于歌迷的误解，汪峰称："我非常喜欢歌迷对我的音乐做出评价，有了你们的评价，我会觉得在哪个方面做得不好，以后做音乐时会把这些不好因素考虑进来，我向大家保证，我的下一张专辑会给大家一个惊喜。这么多年来，我已经形成了自己的风格，我的每一首歌都是一种思想。有时候我曾想过放弃音乐，不想坚持下去，有点情绪的成分在里面。也有点厌倦，最终觉得这个想法很幼稚。如果我做出了好的音乐，失望就会少一些。因为大家都在进步，你不进步就会被淘汰，这是自然规律。如果大家要问我，做的是哪种风格的音乐时，我会告诉你，汪峰是做摇滚乐的。"（原载于2003年《音乐生活报》，文/郭志凯）

郑钧：我们的生活充满阳光

郑钧：我心飞翔的"一霎那

刚拍完高晓松的《我心飞翔》，郑钧就忙着自己新专辑的录制，在他的办公室里，就乐迷比较关心的一些问题，采访了他。

音乐的第一次亲密接触

记：你是什么时候开始接触音乐的？

郑：我在小时候是很少听音乐的，邓丽君的音乐我听得也少。当时我的哥哥和表哥都是很前卫的那种，我的家里很早就有了录音机，砖头块的那种。第一次听音乐，感动我的是国外一年发行一张的英文合集，里面有很多流行歌曲（民谣、迪斯科）等音乐。当时觉得挺好听的。小时候我也没有唱过歌，家里有一把吉他。吉他放在家里没人玩，我的父亲也弹吉他，当我记事的时候他已经离开了我。我的家是知识分子家庭，我的哥哥以前是学小提琴的，后来又拉大提琴，他上过艺术学校，而我以前是学美术的，跟音乐没有任何关系。

记：什么时候对音乐发生了浓厚的兴趣？

郑：我上大学的时候，我的老师是一个美国人，她长得很漂亮。给我介绍了许多好听的音乐，是我的音乐启蒙，我们也是很好的朋友。当时我没有听到那么多的音乐，所以当时觉得很好听，并知道了什么是摇滚乐。由于陷得太深的缘故，以至于把学业都荒废了。当时英文也不错，许多英文歌也听得懂，也知道了当时各乐队的乐手弹的是什么。

就这样成了歌手

记：我第一次听到你的音乐是1993年，你当时签到"红星生产社"的时候。你给各地电台寄的小样，《回到拉萨》和《赤裸裸》

两首歌，当时是木吉他伴奏，没有藏语伴唱，你还记得吗？

郑：有吗？我怎么都忘了。

记：你当时还清唱《赤裸裸》，我记得几乎没有什么伴奏。

郑：我签的公司是"红星生产社"，当时红星的老板让我做一个DM，我当时很穷很惨。从小到大都没有那么惨过，每天只有约2元钱的生活费，在二环外叫什么村的地方住。当时我就想做一个样带，就拿了一个录音机，拿了一把木吉他，弹唱录了《回到拉萨》和《赤裸裸》两首歌。把样带给红星，由此签的约，当时对音乐充满热情，但那盒带挺粗糙的。

记：大学毕业以后的那一段时间你在干吗？

郑：开始尝试去歌厅唱歌，并经常遭到乐队和老板的训斥。因为我喜欢摇滚乐，大家都喜欢港台的那种音乐。唱什么姜育恒《驿动的心》等流行歌曲，我真的有点崩溃，我老唱一些英文歌、罗大佑、崔健的歌。当时也没有酒吧，都是歌舞厅，里面是要跳舞的那种。我唱这种歌大家都觉得挺崩溃，我也屡屡的被歌厅轰走，然后还跟一些草台班子到小县城里演出。我的身份是一名吉他手，当时会的歌也不多，很多都是现学的。后来就碰到了郭传林。当时窦唯刚离开"黑豹"乐队他想让我当乐队的主唱，因为我当时唱英文歌挺多的，但因为种种原因没去"黑豹"乐队。

我心飞翔的"一霎那"

记："我心飞翔"这部电影已经拍完了，你也参加了演出，扮相也不错，聊一下感受?

郑：我的戏份不太多，主要是陈道明和李小璐主演。我属于玩票的那种，扮相还凑合。

记：我觉得你演得不错，最起码挺认真的，你以前也没有拍过戏，紧张吗?

郑：其实演电影这种，我已经有点晚了。刚出道的时候，记得去香港做宣传的时候，香港有一个导演，有兴趣让我参加一个电视剧的拍摄。当时自己完全是一个愤怒青年，当时不能接受。记得还是跟黎明合演的一个电视剧，我的经纪人拿着剧本用了一下午的时间，来说服我拍摄这个电视剧。我也用了一下午的时间拒绝，我说肯定不行。那个经纪人叫陈剑非，他发掘了Beyond、王菲、黑豹。

他说："我带过那么多艺人，从来没有见过歌手一出道就拍戏的，我觉得这个机会挺难得的"。其实我总觉得有点太不靠谱了，那时候我的原则性是很强的。

记：你当时拒绝的原因是什么？

郑：拒绝的原因是那个角色太傻，你想，一个香港的电视连续剧，让我饰演一个大陆的杀手，我觉得太傻。那个杀手抱把吉他，用吉他弦把人勒死。

记：类似于《天生杀人狂》抱把吉他杀人的那种？

郑：对对，就是那种影片，然后遭到我的拒绝。我出名以后，有很多导演找我拍戏。我一想算了，我喜欢音乐就是崇尚自由，我也不愿意受人摆布。前一段时间日本的一个独立导演找到我，也不算拍电影。他找了几个艺术家，歌手找的我。名字叫什么《发烧天使》好像在日本也放映了。那个是演的我自己，录音都是真的，像纪录片似的。

记：怎么想到和高晓松合作呢？

郑：和晓松一直是好朋友，这有个前提是比较好沟通，他不会强迫我做我不喜欢的事。我能做什么我不能做什么，这是一个重要的原因。其实，我也很喜欢电影，我也很喜欢看碟看电影。一直希望有好的本子，自己也想尝试一下。当时晓松把剧本给我讲了一下，我觉得很喜欢里面的角色，故事也不错。后来找我演的时候，我想这是个好机会，因为戏份也不是很多。晓松也比较好沟通，后来就拍了这个。之前也拍了很多自己的MV，所以不会有特别大的难度。这个戏第一次去扮演别人就算是一个学习的过程吧，这次有像陈道明、李小璐这些演戏非常优秀的演员合作。同时也能学到很多东西，知道这是这么回事。第一次拍戏还算是凑合吧。

醉在《爱情酿的酒》里

记："我心飞翔"的主题曲《一霎那》也是你唱的吗？

郑：之前，我很少唱别人的歌。很多歌都是我自己写的。

记：这首歌不是你写的吗？

郑：不是，这首歌不是我写的。晓松以前写的歌都找过我，都被我拒绝了。他说这里面有几首歌，想让我唱一首，本来我想算了。我俩人风格不一样，后来仔细一听觉得挺打动我的。这首歌旋律和曲是小柯写的，小柯以前从来没有写过这样的歌。这首歌是一首很RAP的歌，词是晓松写的。当时这首歌会唱成什么样子，任何人也没有把握。到录音棚以后，李延亮弹的吉他，我觉得感觉挺重的，挺有激情的那种。这首歌也是电影的片头曲，我挺喜欢的。

记：我觉得你很少翻唱别人的作品，就是翻唱了也很挑剔。专辑《郑钧》里翻唱了酷玩乐队的一首歌，也就是《流星》这首歌吧？

郑：酷玩乐队在欧洲很红，但在亚洲没有红起来。我们都是EMI唱片公司的歌手，公司想要让他们乐队在亚洲有一个中文版。希望我来唱这首歌，歌词当初找的林夕，录音的时候，林夕把歌词传真过来一看，大家都觉得不靠谱，这种风格我唱不了。后来当天晚上我自己写了词，第二天就录了音。后来我一听，那首歌旋律还行。

记：那首歌算不错了，大家都觉得还行。你以后还会翻唱老歌吗？

郑：今年我会出一张中文翻唱专辑，其实我一直想翻唱一张英文专辑，很多人都劝我，说市场太小。其实很多英文老歌我很喜欢，以后肯定会做的。

记：这张翻唱专辑什么时候发行？

郑：最近就要发行了，封面正在设计。这张专辑其实早在几年前就录好了，是在环球唱片录的，由于各种原因，现在才能够发行。当时跟公司达成的妥协是，大陆这边的歌我来选，港台的歌公司给我推荐，因为我对港台的歌不熟悉。这次收录了我小时候看过的电影插曲。我母亲年轻时很喜欢的电影插曲，像《冰山上的来客》还有《我们的生活充满阳光》等歌曲。我把音乐全部改编，都改成英式和美式的那种音乐。《我们的生活充满阳光》是张亚东编的。电影《阿诗玛》主题歌是我改编的，我改编的歌曲都有一种东方的色彩。

记：香港方面会有什么歌？

郑：香港方面有Beyond乐队的《大地》，是由他们乐队的吉他手黄贯中和我合唱。黄贯中弹的吉他，张亚东编的曲，编成了电子版的《大地》。

记：《大地》是一首优秀的作品，也很受大家的好评。

郑：以前听他们的歌不多，通过这次接触，感觉Beyond乐队的作品还是不错的。

记：台湾方面有什么歌？

郑：有一首"红蚂蚁"乐队的歌《爱情酿的酒》，那首歌编曲是李延亮，他编得非常好。这首歌很多人翻唱过，我们的这个版本是最重的。李延亮刚开始告诉我说，这是台湾最好的乐队的歌，我一听根本不像摇滚乐队。他说给我编一个像摇滚乐队的歌，就编了一个很重的摇滚歌。还有一首邓丽君的《我只在乎你》也是李延亮编的英式朋克。还有罗大佑的《爱的箴言》。

记：你以前还翻唱过《甜蜜蜜》和《船歌》吧？

郑：那是纪念邓丽君，是翻唱的，那只是给朋友帮忙，只花了两天的时间就完成了。

十年苦恋终成眷属

记：聊一下女朋友问题？

郑：今年跟女朋友的事情会有一个结果，我们会举行一个小型的婚礼，把这件事情弄踏实算了。

记：为十年的爱清长跑画上一个圆满的句号？

郑：时间太长了，其实我是一个很奇怪的人。我是天蝎座的，原来一直认为我应该是一个花心的人，其实有一段时间我也挺花心的。天蝎座的人外表看起来很花，但一旦找准目标就很专一，我和我女朋友坚持十几年了，就是这样的原因。

记：十几年在中间分开过吗？

郑：有很短暂的分开，但我们俩从来就没有分开过。后来，我基本后来就不挣扎了，觉得挺好的。我是一个很情绪化的人，也是要求思维空间非常大的人。我在写歌或是在写作的时候，必须是没有人打搅我。所以，能容忍像我这样的人，在我看来在这个世界上已经很少了。跟我在一起是很枯燥的，因为我自己没有规律，有时候48小时不睡觉，有的时候可能8点就睡了，或者下午5点就睡了。

跟着我的生活节奏生活的话，我想她一定会疯的。

记：你的女朋友跟着你的生活规律走吗？

郑：没有，她有自己的生活规律，各自有自己的一套生活方法。我觉得这样挺好的，觉得互相有一点距离，今年终于有了一个结果，我挺高兴的。

和郑钧的谈话很快就结束了，坐在我旁边的他侃侃而谈，说出了他对生活和美好爱情的向往，这时候的郑钧是无比真诚的，甚至有些时候让我很感动，也真的为他感到由衷的高兴，终于被他爱的人征服了，被那颗幸福的子弹击中了。

窦唯：以自己喜欢的方式，过自己喜欢的生活

前几天，窦唯又上了热门话题，一碗九块钱的面，让他再次霸占了微博和朋友圈。一些营销号毫无底线地炒作这个"王菲的前夫"，为了拉流量、博眼球，极尽歪曲、编造之能事，节操之差，简直让人恶心。

幸好，还有很多明白人，还有很多了解窦唯的人，站出来给窦唯说话，很多公众号也写了很多支持窦唯的文章。

我本来也想写点什么，但是后来想想，别人已经说得够多了，有些人写的跟我想的差不多，甚至很多人比我写的好得多。

不过，我很久之前曾经采访过窦唯，那时候的采访记录，现在

拿出来看看，其实也挺能对应现在的情况的。

全文如下：

在北京后海烤肉季餐馆的旁边，有一个不知名的酒吧，最近一段时间，窦唯和"不一定"乐队每周有三次在这里演出。在酒吧里，我见到了窦唯，他的气色看上去相当不错。因为以前见过他几次的缘故，一阵寒暄过后，就开始闲聊了起来。

我没有离开"译"乐队

和窦唯的合作乐队有很多，从最初的黑豹、唐朝、做梦、译、Fm3到现在的不一定乐队，窦唯一直认为自己和译乐队的合作最为默契。并和"译"乐队合作，出版了《幻听》、《雨吁》两张唱片。记得"译"乐队吉他手讴歌，曾对记者说过："我们和窦唯私交深厚，现在也经常联系，其实对于音乐理念，我认为从来都没有错对之分，现在分开并不表示，我们以后就没有合作的可能了。"

而窦唯对此也表达了他的看法："从本意上来讲，我从来就没有认为自己离开了'译'乐队。因为做完《雨吁》这张专辑以后，大家都觉得音乐没有再提高的可能性了。我们找不到一个方向继续发展下去，又不想抱着这些成果如何如何，所以就各自寻找自己的发展方向了。后来由于大家的传言和误导（毕竟人言可畏），被大家说成是解散了，这当中也有一些人为的因素，最终导致的结果是所谓的'乐队解散'。但在我心里一直觉得，乐队并没有解散。目前，大家还是按照自己的方式去从事音乐，我还是很期盼有机会再和'译'乐队合作。"

"译"乐队是一个以即兴发挥为主的乐队，窦唯提来赞不绝口，他说："我们在一起合作得非常愉快，在合作中没有出现任何问题。小帆、讴歌、陈劲大家这么多年都待在这个圈子里，彼此都相当熟悉。小帆、讴歌都是非常具有灵性的音乐人，陈劲在乐队中起着'调和剂'的作用，大家都给乐队带来了很好的动机和创意，我个人非常喜欢和译乐队在一起合作，甚至，超过以前的那些乐队。我觉得'译'乐队是我合作乐队当中最合拍的一支乐队（那种创作型的乐队）。"

《寻枪》没用我的音乐不是我的问题

电影《寻枪》和《我最中意的雪天》是窦唯前几年为电影做的配乐。窦唯觉得做电影配乐纯属缘分，有合适的电影，导演认为他的音乐风格和影片相对比较吻合，那么大家就可以考虑合作了。

《我最中意的雪天》是窦唯比较喜欢的影片，和它的合作，用"一拍即合"来形容一点也不夸张。

窦唯坦言："我自己非常高兴能够做这部影片的音乐，这部影片很生活、很朴实，这一点是我最欣赏的。这是我第一次做电影音乐，我觉得它很有一定的广泛性，它的内容非常的生活化。后来又做了《花眼》和《寻枪》，这两部影片的音乐相比较的话，《花眼》我觉得还好，因为它最后还能磨合成，但很可惜《寻枪》，最后中途夭折。我认为这不是我的问题，这是导演的问题，也许他有自己的观点吧。"

《寻枪》的音乐当时做了19段，后来没有窦唯，没有把它做成独立的唱片来发行。而是把《寻枪》中的一些自己认为不错的音乐，放在"不一定"乐队的《一举两得》唱片里发行了。如果歌迷们在听《一举两得》这张唱片时，可以冥想一下把它放《寻枪》这部影片里该是什么样子。

很多音乐不是用语言能表达的，言多必失

从《黑豹》1到现在的《镜花缘》，窦唯已经发行了七八张唱片了。但他觉得《山河水》是迄今为止，自己相对比较满意的一张唱片了。《黑梦》从严格意义上来说，并不是真正意义上的内地音乐人的作品，更多的是台湾音乐制作人做的音乐，还有很多人说《黑梦》这张唱片的录音非常精良，但窦唯则认为这实际上是技术上原因。

窦唯和他的乐队变化性实在是太大了，这一点连他都不得不承认。现在又和FM3乐队在一起合作，对此，窦唯是这样理解的，刚开始是和他们认识，后来由于舞台剧《镜花缘》这部戏才开始合作的。从本意上来讲，窦唯不太喜欢电子乐，到目前为止，基本上都是靠人为的方式来做音乐，FM3这支乐队本身就是这种风格，后来和他们合作也是一拍即合。

如今窦唯的音乐，让我们越来越看不明白他的风格了。以前的《艳阳天》、《山河水》还有点歌词，可如今简单的连歌词也没有了。窦唯说："音乐用音符表达就行了，音乐这东西本身就很抽象，加入了文字，会破坏这个抽象。很多音乐不是用语言能表达的，言多必失，词不达意，这都是我不愿意看到的。"

窦唯今年还要发行一张唱片，音乐早就做好了。新专辑正在接洽之中，这张唱片将更加的完整，新专辑名字为"三国四ji"（是哪个字还没有确定），第二张专辑名为"五雀六燕"。相信不久，这两张唱片就会面世。

张亚东缺乏不断地开发

窦唯认为："现在的唱片公司不是特别正规。和海外唱片公司合作，慢慢你就会发现他们的目的不纯，根本不像他们所说的那样，所谓的开发大陆的原创音乐。其实并不是这样，他们在大陆赚到钱以后，拿回去发展并投入到他们自己的唱片工业中去了。并没有起到一个扶持大陆音乐的作用，榨取金钱以后，而是用来壮大他们自己，他们有抢占大陆唱片的市场的趋势。"

"现在内地的音乐和港台音乐相比较的话，已经很难说得太清楚了，由于地域的不同，很多外在的因素，在困扰内地的音乐市场。而内地音乐还是有他自己的发展前景的，我们现在被压制也好，得不到扶持也好。内地的音乐现在最好不要跟着港台走，现在有很多的音乐都有港台音乐的影子。"

这几年窦唯听内地的音乐比较少，他感觉很少有能够引起自己注意的乐队及歌手。"超级市场"、"与非门"和许巍是窦唯最喜欢的艺人。窦唯认为他们的音乐很有品质，自己很喜欢。提起张亚东，窦唯说："感觉他一直是给别人做音乐。张亚东给我的印象是有特独特的一面，但他缺乏不断地开发，他的老家是在山西，所以说受当地民俗的影响比较大一些，我觉得他缺少外来音乐结合的东西，他的那张《张亚东》给我的感觉是比较时尚化一些。"

别拿摇滚当幌子

窦唯对于"摇滚"这两个字非常的反感，他认为："更多的人把'摇滚'当成一种噱头，其实他跟音乐并没有很多关系，我是这种感觉，摇滚完全变成了一种涉及名利的形式。" 他甚至觉得自己的音乐风格，已经远远地脱离了摇滚乐的阵营。自己的音乐已经形成了自己固有的表现模式，根本不需要打着"摇滚"的幌子，来为自己的音乐找寻一个借口。

对于宣传，窦唯这样认为："其实你根本就不用去考虑这个问题，我按照我的想法来做就行了，大家愿意听就去听，我不会按照大家的喜好去做音乐，这一点可能会跟受众群有冲突，但这也是很正常的一件事情。"

我选择低调是被逼的

遥想当年，窦唯在黑豹乐队最鼎盛的时候，毅然选择了离开，很多人都认为他很傻，靠着这块"金字招牌"完全可以混迹在中国歌坛（现在的黑豹乐队不正是这样吗？还在吃窦唯十年前做的两首歌呢？）他并没有这样，而是去追寻自己的音乐之路去了。至于和王菲的合作，其实大家也都明白，没有窦唯在音乐上的大力协助，王菲在事业上走到今天，肯定要多受一些周折。

而媒体对窦唯的音乐已经不太关心了，而更关心窦唯现在跟谁在一起。对此，窦唯说："现在周围的环境太差，更多的外在因素左右我的生活。我相信我们所说的这些、这个行业所不齿的那些行为，完全是因为环境导致的这种局面，记者也没办法，他们不写那些八卦的东西没人看，这样他们似乎就赚不到钱，可如果我们本土的记者也那样做的话，我相信绝不是正道。我选择低调不是我自己刻意的，我也想把自己的想法告诉喜欢我音乐的人，但我也没有办法，我完全是被逼迫的。就是这么个概念，做音乐你埋头做就行了，至于别的都是次要的。"

采访后记

和窦唯做采访很累，第一个问题问完，他可能就会回答一个字或者只说一句话，弄得你要赶快要想好第二第三个问题，如果不这样，谈话肯定会中断，而无言以对，是记者们都最不愿意看到的场面。访谈结束时，我甚至有一种如释重负的感觉。

他并没有大家说的那么冷漠，更多的时候，他都保持微笑，绝对是一个很有涵养的人。他也许距离你我很遥远，可有一天你在后海或者其他地方见到他时，却浑然不知。窦唯告诉记者，他很喜欢后海，尤其是喜欢这里还存留着的那些老北京的原貌。我知道这才是真正的窦唯，一个称得上用音乐说话的人。看到他对我的那些同行们的看法，我也顿感脸上无光，他有自己的生活方式，有自己喜欢的生活，我们大家关心他的音乐就行了，至于别的还重要吗？

许巍：绝版青春，感动的岂止是他的歌声

　　去年，许巍在北兵马司剧场做了一场小型的名为"绝版青春"的音乐回顾演出。当时能容纳400人的剧场，几乎座无虚席，很多人为没有看到那场演出而耿耿于怀。今天，他们终于可以得偿所愿了！那朵冰清玉洁的"蓝莲花"在众人的惊艳中缓缓绽放，它似一道闪电、一道彩虹般让人在瞬间有种晕眩的感觉，在那一刻我们的大脑中里几乎一片空白，仿佛所有的一切都在许巍的歌声中灰飞烟灭。

　　许巍的歌迷大多生于70年代，都是伴随着轰鸣的中国摇滚乐而悄然长大的。对于许巍的音乐他们再也熟悉不过了。从《两天》、

《青鸟》到随后发行的4张唱片，他用自己10年的音乐历程祭奠着这个男人悄然而逝的青春。

很多时候那些冲入我们耳膜的声音不是"无病呻吟"的伪情歌，就是"惨不忍睹"的歌颂虚假繁荣的靡靡之音。直到有一天，许巍的声音如此清晰地出现在我们面前，那别具一格的演唱方法，完美地将摇滚和流行音乐重新糅合在一起，展现在我们面前。它像一瓶珍藏多年的陈年佳酿，像一份珍贵的礼物摆在我们面前，让我们顿时有了一种爱不释手的感觉，许巍用他的那滴眼泪告诉了我们这份礼物的价值。

也许许巍生来就是一个忧伤城市中的匆匆过客。就是这个长相平平的男人用他那沙哑的歌声唱出了那些身在异乡人的内心中的惘然、漂泊和无根感。也许他只是不小心将我们青春的消逝感、理想的破灭、自我迷失的那种惊慌失措的感觉用他那沙哑的声音，向我们娓娓道来而已！

我绝对是他的忠实歌迷。在今晚，他每首歌唱毕，我都会情不自禁地为他精彩的演出鼓掌，这种发自内心的掌声在以往是绝无仅有的。我和许多歌迷一样用最热情的肢体语言、无比纯真的嗓音和许巍一起放声高歌。与其说我是被他的歌声俘虏，还不如说我是被他做音乐、做人的认真态度所征服来的确切。

我现在只能够闭上眼睛希望时光能够倒流，希望自己在恍惚间回到自己的青葱岁月，它像一部电影一样在我的脑海中回荡。我是听着许巍的歌声长大的，在他的歌声里面，我仿佛看到自己一次次跌倒后再爬起来的身影；仿佛看到茫茫人海中自己站在街头孤独无助的表情；仿佛看到深爱着自己的那个女孩渐渐离我而去的眼光；仿佛看到自己的眼泪悄无声息地顺着脸庞滑落；仿佛看到许巍弹着琴、唱着歌与我擦肩而过而浑然不知；仿佛看到自己慢慢地苍老，在慢慢地老去。

许巍如愿以偿地站在了工体馆舞台上，没有过多的语言，只有闷头歌唱。我和很多观众一样没有料到幸福竟然来得如此突然，没有料到自己能够在现场听到那些曾经伴随着自己一路走来的歌声。用周星驰电影《食神》里评委薛家燕的话说，为什么能够让我吃到这样的美味，明天醒来吃不到怎么办？是何其的相似呀！

一场演出也许不能说明什么，但是许巍的演唱会还是为内地的原创音乐增色不少，这台演唱会汇集了中国最顶级的老、中、青、三代乐手，刘晓松、张永光、栾树、李延亮、王晓东和李健，基本上保证了演出的总体质量，是内地演唱会中绝无仅有的佳作之一。

由于许巍早期的音乐作品受当时音乐制作硬件的制约，在现场，我们听到的许多歌曲，例如《我的秋天》、《在别处》都是经过重新编曲之后才重新呈现给乐迷的。我们在聆听《两天》时，就听不到了原来沉重而略显拖沓的贝斯声，取而代之的是清新的吉他音色。而在演唱方面，许巍的唱功较之以往有了很大的进步。除了有一首歌前半部分"跑调"明显之外，其他完成得都很好。

前一段时间采访许巍时，我问他怎么看待这场演唱会时，许巍说："这只是我多年来的一个心愿，也是和众多朋友的一次欢聚而已！把它当作一个我无比珍惜的一个礼物，送给这么多年一直在背后默默支持我的歌迷们。"

还有一点是非常值得肯定的，那就是在内地还很少有人能够以较高姿态出现在北京的舞台上的。在男歌手方面除了崔健、羽·泉以外，无论结局如何，许巍已经创造了一个奇迹，它的意义将是史无前例的。也许过了很多年，我们都会想起许巍曾经送给我们的这份珍贵礼物的！

图书在版编目（CIP）数据

过了三十岁，我还是少年 / 郭志凯著 . -- 北京：
北京时代华文书局 , 2017.3

ISBN 978-7-5699-1396-5

Ⅰ . ①过… Ⅱ . ①郭… Ⅲ . ①传记文学－中国－当代
Ⅳ . ① I25

中国版本图书馆 CIP 数据核字 (2017) 第 024986 号

过了三十岁，我还是少年

GUO LE SANSHI SUI WO HAI SHI SHAONIAN

作　　者｜郭志凯

出 版 人｜王训海
图书策划｜陈丽杰　胡雷雷
责任编辑｜陈丽杰　胡雷雷
装帧设计｜云中客厅 _ 熊琼
责任印制｜刘　银
团购热线｜010-64269013

出版发行｜北京时代华文书局 http://www.bjsdsj.com.cn
　　　　　北京市东城区安定门外大街 136 号皇城国际大厦 A 座 8 楼
　　　　　邮编：100011　电话：010 - 64267955　64267677

印　　刷｜北京中科印刷有限公司　010-69590320
　　　　　（如发现印装质量问题，请与印刷厂联系调换）

开　　本｜710×1000mm　1/32　　印　张｜7　字　数｜117 千字
版　　次｜2017 年 4 月第 1 版　　印　次｜2017 年 4 月第 1 次印刷
书　　号｜ISBN 978-7-5699-1396-5
定　　价｜39.80 元

愿少年，乘风破浪

愿少年，你的前程似锦